Jannys KOMBILA

NZAL

(Le Village)

NZAL

(Le village)

Édition : BoD - Books on Demand, info@bod.fr
Impression : BoD - Books on Demand, In de
Tarpen 42, Norderstedt (Allemagne)
Impression à la demande
ISBN : 978-2-3224-6070-0
Dépôt légal : mai 2023

SYNOPSIS

Dioma, petit village paisible situé dans la contrée des lacs Oyo et Ngoundou. Population vieillissante vivant d'élevage et d'agriculture. Le village est sous l'autorité traditionnelle d'un conseil des sages, dirigé par le grand sage, sage de tous les sages, qui veille à la règlementation juridique des habitants. Très respectueux de leurs us et coutumes, ils y vivent en harmonie.

Missossi, fils unique du grand sage Ivunda est parti du village depuis quatre saisons, ses parents demeurent soucieux car sans nouvelles de lui. Ce dernier quittant la vie rurale a laissé sa promise Murima, jeune femme respectueuse et admirable, fille du vieux Banzouky, qu'il doit épouser à la coutume afin de pérenniser la lignée du clan des vaillants cultivateurs. Murima, mourant de chagrin et de désarroi, ne pouvant plus contenir sa lassitude et sa solitude, décide de consulter le guérisseur du village afin de savoir si son futur époux reviendra un jour.

En attendant la grande saison des pluies, le village paisiblement s'éveille...

PERSONNAGES :

IVUNDA : Sage du village, Père de Missossi
MURATSI : Epouse d'Ivunda et mère de Missossi
MISSOSSI : Fils d'Ivunda et de Muratsi, Futur
époux de Murima
MURIMA : Promise de Missossi et fille de Banzouky
BANZOUKY : Père de Murima
NGUEBI : Petit frère d'Ivunda et oncle de Missossi
KAKA IWENGA : Mère d'Ivunda et de Nguébi
BILOMBI : Messager et ami de Missossi
KOMBE MASSANDE : Grand sage, sage de tous les
sages
NZILA : Sage et grand mystique
DITENGOU : Grand mystique et guérisseur
MOUYISSI : Jeune initié

A mon frère bien aimé, parti à la fleur de l'âge.
Muande Kombile H.

Ce scénario explore de nombreux problèmes dont fait face nos villages depuis l'exode rural de nos jeunes enfants. La perte des valeurs traditionnelles, la disparition du patrimoine culturel matériel et immatériel, le legs perdu des rites et croyances, la déperdition des us et coutumes. Cette fiction, retrace à travers l'héroïne Murima, la force de l'amour qui peut être au-dessus de toutes les vicissitudes et les adversités de la vie. Entre chagrin, peine et solitude, elle nourrit son cœur de fermeté, de loyauté, de persévérance et d'espoir. Soucieuse de respecter ses us et coutumes, elle reste un modèle pour cette jeunesse en perte de valeurs morales et coutumières.

Ce scénario parcourt les difficultés, les souffrances, que peuvent rencontrer une jeune femme seule dans l'espérance d'un retour de l'homme qu'elle aime et dont les vertus restent ancrées dans la tradition ancestrale.

Le retour aux sources ou retour à la terre est une invitation à la revalorisation de notre patrimoine culturelle. Un regard nouveau sur l'agriculture pan d'un développement durable et vital. Le ton est à la fois humoristique et caustique, empreint de réalisme. Mon intention n'est pas d'apporter des réponses, des solutions à cette jeunesse portée vers l'exode rural, en quête d'espoir et d'un mieux- être, mais simplement retranscrire en images les sentiments ressentis durant cette période parfois très difficile de la vie et savoir garder espoir face aux mésaventures existentielles. Murima représente la jeune femme respectueuse et docile typique, tandis que le personnage de Missossi montre à la fois la perte des repères moraux et le choix ardu du retour aux sources. Plus qu'une étape importante dans la vie de ces personnages, cette histoire ne raconte qu'un instant, parmi tant d'autres, de ce quotidien insolite de nos villages qui se meurent, de la pauvreté grandissante en milieu rural. Pour ces deux jeunes personnes si l'amour peut sauver la vie au village, sachons préserver nos valeurs traditionnelles qui sont notre véritable identité.

Jannys KOMBILA

D'un point de vue formel, le film sera tourné en numérique, en couleur, avant d'être retravaillé en post-production pour obtenir un noir et blanc très contrasté. Le choix du noir et blanc se justifie par son coté à la fois réaliste, idéal pour symboliser le quotidien, les mœurs, et d'un autre coté par son aspect plus poétique et bucolique, renforçant les sentiments, les sensations des personnes. L'opposition de plans tour à tour trop sombres ou trop lumineux symbolise la difficulté pour ces deux jeunes personnes à se situer, à trouver une place dans cet univers qui devrait être le leur. La mise en scène privilégiera des plans en caméra portée, proches des personnages. L'accent sera mis sur les émotions, notamment l'amour ressenti par ces deux jeunes, à travers de très nombreux gros plans sur leurs visages. La vie du village, sera, elle, en revanche, retranscrite à travers des plans fixes, les mouvements étant ceux des villageois, à l'intérieur du cadre. Concernant la lumière, nous serons amenés à utiliser des réflecteurs et quelques projecteurs mais les décors se joueront le plus souvent en lumière naturelle.

ACTE I

(LA LETTRE)

SEQUENCE1

Extérieur jour/ Chez Ivunda

Le village est calme en ce début de matinée, Ivunda sur un fauteuil, devant sa case s'interroge sur les signes du jour mais aussi et surtout sur son rêve de la nuit ...

Ivunda

Ah ! Quelle rude journée m'attend en ce lever précoce de soleil, ou l'air est parfumé comme un bon vin de palme extrait au petit matin de saison sèche.

Tout en méditant, Ivunda s'interroge sur sa nuit difficile...

Humm ! Mes yeux portent encore le sable humide de ce cauchemar qui m'a habité toute la nuit... Ah ! Que le grand sage céleste, sage de tous les sages qui connaît le destin des hommes et des oiseaux du ciel, m'épargne de tout malheur en ce jour.
Femme ! Femme !
Toutes les femmes de ce village sont aussi sourdent qu'un pangolin muet

Qu'est-ce que j'ai épousé, je me le demande quotidiennement.

Femme !

Muratsi

Oui Bien- aimé !

Ivunda

Combien de kilomètre sépare ma bouche de tes oreilles de tortue ?

Muratsi

Oh ! toi aussi Bien- aimé, j'ai encore fait quoi ? Le matin comme ça, tu me traites déjà de tortue, alors que tu n'as même pas encore lavé ta bouche. Ne sais-tu pas que les premières paroles du matin sont sacrées !

Ivunda

Apporte-moi à manger la nuit m'a donné faim... Et sache que pour laver ma bouche je n'ai pas besoin d'eau. Une bonne racine de citronnier suffit largement à garder mes dents blanches. J'ai été assez colonisé comme ça, pour utiliser vos histoires de brosse à dents et pâte dentifrice !

Muratsi

Hum ! En tout cas ! Il n'y a plus grand chose dans la marmite !

Ivunda

Comment ça il n'y a plus grand-chose dans la marmite ?

Hier, j'ai mangé deux malheureux morceaux de sanglier en me promettant de finir ce matin, le gigot qui restait. Comment a-t-il fait pour disparaître de la marmite ?

Muratsi

Oh !

Ivunda

Oh ! Comment ! Mais parle ! Ne reste pas debout-là, à me regarder avec les yeux écarquillés comme un iguane qui a vu les fesses d'un babouin.

Muratsi

Ton frère Nguébi est passé hier dans la nuit pendant que tu étais au conseil des sages du village. Il m'a dit qu'il avait une faim violente et parlante, alors j'ai jugé bon de lui donner les restes de ton sanglier.

Ivunda

Femme ! T'ai-je épousé pour nourrir mes parents et pire encore ce vaurien de Nguébi ! Cet éternel parasite qui dort dans les marmites d'autrui !

Muratsi

C'est ton frère Bien- aimé !

Ivunda

Nuance ! Femme, c'est l'enfant de mon père et de ma mère ! Et je constate avec regret et consternation qu'ils ont oublié de lui apprendre les bonnes manières et certaines notions de savoir vivre, indispensables à l'homme social. Le dicton c'est : « Tu mangeras à la sueur de ton front » et non : « tu mangeras à la sueur de ton frère ». Je ne vais pas passer toute ma vie à le nourrir et qui sait même s'il prend autre chose en dehors de ma nourriture...

Muratsi

Que veux-tu insinuer par-là, Bien- aimé ?

Ivunda

Moi je n'insinue rien... après avoir goûté à un bon gigot de sanglier comme celui-là, qu'est-ce qui ne me dit pas qu'il ait eu envie de goûter à autre chose, tellement sa faim était violente et parlante.

Muratsi

Si tu penses que je suis une femme frivole et sans dignité tu te fous le doigt dans la pipe.

Ivunda

Oui ! C'est ça ! On dit que : « l'oiseau oublie le piège mais le piège sait où dort l'oiseau ».

Muratsi

Garde tes proverbes pour un autre oiseau... je n'en suis pas un !

Ivunda

Apporte-moi alors mon bouillon de silures, je ne peux te porter main, puisque tu as eu raison de le faire !

Dieu lui-même vous exhorte à faire des bêtises. Car : « ce que femme veut, Dieu l'encourage ! »

SEQUENCE2

Extérieur jour/ Chez Ivunda

Nguébi, de retour des plantations, arrive l'air nonchalant, sifflotant...

Ivunda

Ah ! Quand on parle du revenant on voit son feu follet.

Nguébi

Bonjour ! Grand- frère Ivunda.

Ivunda

Si c'est mon bonjour que tu attends, Nguébi ! Tu attendras ça toute la vie.

Nguébi

Qu'est-ce qui ne va pas encore grand- frère ?

Ivunda

Ah ! Qu'est-ce qui ne va pas encore hein ! Ce qui ne va pas mon cher petit- frère, c'est que je ne veux plus te voir chez moi, dans mes marmites. Tu ne vas pas plus loin que ton bonjour. Et si tu es venu ce matin pour savoir ce qu'il y a au menu du jour, je peux te le dire mon cher frère : Une gifle de gorille dans son jus de sang, accompagnée d'une machette à six pointes aiguisée la veille. Le mieux pour toi, est de continuer ton chemin car le village ne s'arrête pas ici. Avant que la racine de citronnier que j'ai dans ma bouche ne me sorte par les narines.

Nguébi

Bon, grand- frère Ivunda ! Inutile de te fâcher, je dis seulement bonjour à madame et je continue ma route !

Ivunda

Oh ! Oh, n'ose pas, il ne faut même pas essayer !

Nguébi

Oh ! Essayer quoi ?

Ivunda

D'abord, elle dort !

Nguébi

Jusqu'à cette heure-ci, elle dort ! Il est déjà midi ?

Ivunda

Même s'il était deux heures de l'après- midi, ton problème est où si ma femme dort ?

Nguébi

Il n'y a pas de problème Ivunda, je continue mon chemin, j'ai voulu aussi partager avec toi un peu de vin de palme que j'ai ramené des nouveaux palmiers abattus.

Ivunda

Oui, bon, le vin n'est pas dans nos palabres, tu peux laisser le vin. Au revoir !

Nguébi

Transmets mes salutations à madame !

Ivunda

Elle dort !

Un moment de silence, puis revient Muratsi, avec une marmite et du manioc...

Muratsi

A qui parlais-tu Bien- aimé ?

Ivunda

A personne, je m'entretenais avec les esprits... Vois-tu, cela fait plus de quatre ans que nous sommes sans nouvelles de notre fils Missossi, parti vivre à la grande capitale Ngupu ! La vieillesse me ronge et la mort me guette à pas de panthère...

Muratsi

Ne dit pas cela Bien- aimé ! Tu parles comme si tu
avais entendu qu'il n'allait plus jamais revenir. Toi
aussi !

Ivunda

Je ne pense même plus car les forces de mon corps
m'abandonnent à petit feu. Et la pauvre petite
Murima, sa promise, as-tu pensé à son jeune cœur
innocent, aussi fragile que le ventre du moustique à
terme. Comment crois-tu qu'elle soigne son chagrin.

Muratsi

Ne te fais pas trop de souci pour elle, bien aimé, elle
a le cœur d'une femme brave, elle qui est si
respectueuse et affective...

Ivunda

Tu le dis si bien, si respectueuse et affective.
Aujourd'hui, je me sens si seul et délaissé.

Muratsi

Ah ! Seul ! Et moi alors, ne suis-je pas là pour
prendre soin de toi et veiller à ta santé ?

Ivunda

Si ! Femme tu n'as jamais cessé de m'apporter
amour et réconfort. Mais, comprends la douleur
d'un père. Mon fils est parti depuis plusieurs

saisons, et nous sommes sans nouvelle de lui. Avec les querelles politiques à la grande capitale, je me demande s'il se porte bien ! Hier, j'ai entendu dire à la place du marché, qu'il y a eu des émeutes à la grande capitale entre le parti au pouvoir et un des partis de l'opposition dirigé par le président Mboumandou. Le monde va mal, et notre pays encore pire ! Ne dit-on pas que quand les hippopotames maigrissent les sangliers se suicident ! Ah ! Sortirons-nous un jour de cette misère ! Voilà, pourquoi nos enfants nous délaissent ! Certains abandonnent leur village, pour aller vivre à la grande capitale et d'autres partent à l'étranger et ne reviennent plus jamais. La ville m'a volé mon fils ! Pourquoi a-t-il abandonné son village, ses parents, pourquoi femme ? Pourquoi !

Muratsi

Tu te fais du mal Bien- aimé, en pensant au pire pour notre fils. Et en plus, à la grande capitale, il fait bon vivre, n'écoute pas tout ce que raconte les gens à la radio ou au débarcadère, ils parlent de politique quand leur verre de vin est plein. Et n'oublie pas que notre fils n'est plus un petit garçon, c'est un homme à présent. Il me manque à moi aussi !

Ivunda

Un homme ! Un homme qui renie sa culture, qui fuit ses terres et qui abandonne ses parents, non, femme ! Je ne crois pas qu'il soit déjà homme.

Pourtant je lui ai donné l'éducation que m'avait donnée mon père Koussou, qui lui l'avait reçue de son père Malongui, mais hélas ! Je suis fils de cultivateur. Qu'a-t-il contre cette lignée et ce bel héritage ? La misère nous prend nos enfants et ces politiciens vendeurs d'illusions ne font rien pour rendre notre pays meilleur, sinon nos enfants ne partiraient pas aussi loin ! La misère nous enlève nos fils et fait de nous des victimes de douleurs insoutenables.

Muratsi

Crois-tu que tu sois le seul à souffrir, n'oublie pas que ma douleur est plus forte que la tienne, car je suis sa mère, je l'ai porté dans mon ventre pendant des mois durant et de fatigues interminables.

Ivunda

De quoi as-tu souffert toi ? Qui était toujours présent quand tu te grimaçais de douleur exagérée ? Qui se levait avant le premier chant du coq, pour aller dans la forêt afin de chercher du bois pour soigner tes blessures d'après accouchement. Qui ? Femme ingrate !

Muratsi

Qui, moi ingrate ?

Ivunda

Oui, toi, ingrate !

Muratsi

Et toi, tu sais comment tu es ?

Ivunda

Non ! Mais, mon petit orteil me dit que tu vas me le dire.

Muratsi

Méchant ! Voilà, tu es méchant et égoïste.

Ivunda

Moi égoïste !

Muratsi

Oui, méchant et égoïste !

Ivunda

Attends ! Ce soir je vais te montrer ma méchanceté !

Muratsi

(Rires)

Tu peux encore me faire quoi ! Toi qui es fatigué comme un poisson mutilé !

Ivunda

Moi ! Un poisson mutilé ! Viens ici, avec tes petites fesses de gazelle !

Muratsi

Laisse- moi le pagne ! Nous n'avons plus l'âge de nous courir après !

Ivunda

Ah ! A qui le dis-tu ! La jeunesse a quitté mes jambes depuis belle lurette ! Moi, qui étais très athlétique, fort et bel homme ! Où est passé notre bonheur ?

Muratsi

Le bonheur c'est l'humeur qui le façonne, Bien-aimé. Profitons des jours présents, des instants de plaisirs partagés, pensons à nous, à la vie.

Ivunda

Laquelle ? Cette vie pleine de mendiants et de parasites, de voleur de femme d'autrui, si c'est de cette vie-là, dont tu parles, femme, crois-moi elle ne vaut pas la peine d'être vécue.

Muratsi

Bien- aimé ! Regarde-moi !

Ivunda

Je n'ai fait que ça toute ma vie te regarder.

Muratsi

Te souviens-tu, de notre première rencontre, tu disais que j'étais la femme la plus douce au monde et que j'étais celle dont tu avais toujours rêvé...

Ivunda

Je m'en souviens femme, c'est comme si c'était hier. Tu portais une robe blanche avec des rayures noires et tu avais sur la tête une belle coiffure traditionnelle. Oui c'était ces belles années d'indépendance, on croyait sortir d'une autre époque, d'une autre vie. Des années de joies et de bonheur. Mais nous ne connaissions pas la face de l'avenir. Certains le décrivaient autrement, d'autres, n'y pensaient guère car ils craignaient les lendemains. Pardonne-moi, femme, si je n'ai pas pu t'offrir l'amour dont tu rêvais mais saches que durant toutes ces années je n'ai aimé que toi...
Je t'aime femme.

Muratsi émue, se rapproche de son époux...

Muratsi

Je t'aime aussi Ivunda, j'ai donné ma vie à t'aimer et je mourais près de la chaleur fumante de ta pipe.

Ils se regardent dans les yeux, s'embrassent comme pour tout oublier et se remémorent des instants passés...

SEQUENCE3

Intérieur jour/ Chez le vieux Banzouky

Murima, après avoir cuisiné pour son père Banzouky, l'invite à s'attabler...

Murima

Père ! Le mangé est servi !

Banzouky

Merci, Murima ! J'arrive !

Banzouky sort d'une des pièces de la maison et s'installe pour prendre son repas.

Prends place ma fille ! Et mange avec ton vieux père !

Murima

Je n'ai pas très faim, père ! Et, j'ai préparé ces feuilles de manioc aux verres blancs fumés pour toi, car tu me l'as demandée, il y a plusieurs jours.

Banzouky

Ah ! Merci ma fille ! C'est mon plat préféré, celui qu'aimait me préparer ta mère ! Tu as fait ma journée ! Je t'ai rapporté du miel et des fruits sauvages hier soir ! Ils sont dans mon sac qui se trouve au grand fumoir.

Murima

Merci ! Père !

Banzouky

Je t'en prie ! Tu sais que tu es ma seule famille. Et, je tiens à toi ! Dis- moi, as-tu des nouvelles de Missossi, ton futur époux ? T'a-t-il écrit de la grande ville depuis qu'il est parti ?

Murima

Non, je n'ai toujours pas de nouvelles, père ! A ce propos, j'irai, rendre visite à ses parents tout à l'heure ! Si cela ne te dérange pas !

Banzouky

Cela, ne me dérange pas ma fille ! Bien au contraire, peut-être qu'ils ont des nouvelles de leur fils. Prends en partant, une bouteille de vin de palme. Elle est posée sur la paille fraiche à l'entrée du fumoir. Ne rentre pas tard ! le ciel est lourd comme une calebasse remplie. Je crains que cela annonce un orage cette nuit !

Murima

Je rentrerai avant que ne disparaisse le soleil derrière les feuillages de bananiers. Merci, père !

Banzouky

Transmets mes salutations amicales au vieux Ivunda et son épouse !

Murima

Je n'y manquerai pas, père !

Banzouky

Murima !

Murima

Oui, père !

Banzouky

As-tu repensé à ma proposition ? Celle d'épouser le grand Charlatan Ditengou ! Si nous n'avons pas de nouvelles de ton futur époux Missossi ! Tu sais que je me fais vieux ! Et j'ai vendu la moitié de mes terres et de mes moutons. La prochaine saison sera rude pour nous. Et Ditengou, me promet une très bonne dote, et veut nous offrir de nouvelles terres à cultiver et un nouveau fusil de chasse. Mais, si tu acceptes d'être sa troisième épouse. La deuxième est stérile, elle ne peut lui donner de progéniture. La première est déjà très âgée ! Elle lui a donné des jumeaux qui sont morts à la naissance.

Murima

Mais, père, je suis promise à Missossi et c'est la tradition !

Banzouky

Oui ! Mais, il a renié sa tradition en t'abandonnant ! Soit ! Le temps j'espère guérira tes blessures ! Vas-y ma fille ! Et trouve réconfort en chemin !

SEQUENCE4

Extérieur jour/ Chez Ivunda

Murima marche sur un petit chemin et arrive chez le sage Ivunda.

Murima

Que la paix du grand sage céleste Qui marche sur les cieux et sur la terre des hommes soit avec vous beaux-parents !

Ivunda

Qu'elle soit aussi avec toi belle-fille et qu'elle accompagne tes pas en notre sainte demeure. Que nous vaut ta visite mon enfant en cette matinée où le soleil ressemble à un bon Nyembwe (Sauce à l'huile de palme) cuit sur un feu de bois.

Murima

Je viens de la part de mon père Banzouky qui m'envoie te porter cette bouteille de vin de palme recueillit ce matin, dans un de ses meilleurs palmiers.

Ivunda

Ton père est trop bon, Murima et je ne saurais lui montrer ma gratitude. Porte-lui en retour ce panier de tubercules et dis-lui que je viendrai le voir après le chant du coq qui rappelle les derniers chasseurs au village.

Murima

Merci ! Beau-père, belle-mère !

Murima d'un geste adroit s'incline en toute humilité pour saluer ses beaux-parents

-Belle-mère !

Muratsi

Oui ma belle-fille !

Murima

Avez-vous des nouvelles de votre fils ?

Muratsi

Nous restons sans nouvelles de lui mon enfant, voilà bientôt plusieurs lunes. Mais, réconforte ton cœur et préserve l'amour que tu lui portes car il t'aime et il nous reviendra très bientôt.

Ivunda

Que ton cœur ne ressemble pas à une pierre sombre, ma fille ! Ton amour pour lui est plus fort que ton chagrin alors garde courage et boit l'eau de l'espérance qui emplira ton cœur de confiance.

Murima

Merci ! Beaux-parents pour ces paroles réconfortantes, je garde espoir et je prierai jour et nuit pour qu'il nous revienne vite et en bonne santé.

Que la paix du grand sage céleste qui marche sur les cieux et sur la terre des hommes, demeure en vous !

Ivunda

Qu'elle t'accompagne et trouve celle de ton père, mon enfant.

Murima s'en va et Ivunda se retourne vers son épouse ...

-Ah ! Femme ! Qu'elle adorable et pure enfant notre belle-fille. Son visage est comme le reflet de la source limpide qui coule sur les rochers endormis de l'amour.

Muratsi

Bien- aimé ! Tu m'étonnes, j'ignorais que tu étais si bon poète !

Ivunda

Je l'ai été, femme, au temps de ma jeunesse dans ces caprices sans lumière et sans destin. « Femme nue, femme obscure. Vêtue de ta peau qui est vie et de ta forme qui est beauté. J'ai grandi à ton ombre et la douceur de tes mains bandait mes yeux… »

Muratsi

C'est de toi ça, Bien- aimé ?

Ivunda

Non femme ! Hélas, non ! C'est de Senghor Léopold, ce grand écrivain Sénégalais qui a donné à ma sensibilité poétique beaucoup d'ardeur. Mais je n'ai jamais pu écrire. Mon père était trop pauvre pour m'envoyer dans les grandes écoles apprendre la littérature et acheter une machine à écrire. Le village a eu raison de nous et l'éducation nous a servi qu'à racheter notre liberté. Si libres nous le sommes ! Femme ! Je ne suis qu'un pauvre fils de cultivateur qui a perdu ses rêves et ses désirs, je ne suis rien et je ne t'apporte rien…

Muratsi

Que dis-tu Bien-aimé, toi tu es mon poète-cultivateur préféré et je t'aimerai jusqu'à ce que toutes les rivières de ce monde s'assèchent.

Ivunda

Que serais-je sans toi femme, tu es la plus belle épouse qui existe sur cette terre. Et mon amour pour toi est aussi clair que le lait de la vache qui vient de mettre bas.

Muratsi

C'est vrai ça, Bien-aimé !

Ivunda

Oui femme c'est bien vrai !

Muratsi

Alors je te ferai ce soir, un bon bouillon de porc-épic comme autrefois, avec du piment indigène et des gombos séchés sans oublier une bonne boulette de banane plantain.

Ivunda

Comme au bon vieux temps vraiment !

Muratsi

Eh oui ! Comme au bon vieux temps, Bien-aimé.

Ivunda

Et cette fois-ci, je dormirai avec ma marmite de bouillon sous mon lit, pour qu'aucun parasite ne vienne demander à manger mon porc-épic...

Muratsi

Laisse ton frère Nguébi tranquille !

Muratsi sort mortier et pilon puis, une calebasse pleine d'aliments, et s'active pour le repas du soir.

SEQUENCE5

Intérieur Jour/ Temple de Ditengou

Au temple du grand Charlatan Ditengou, décor sinistre et sombre. Une assiette blanche posée à même le sol. Debout le regard ténébreux, il consulte les esprits de l'au-delà ; autour de lui, son Banzi, jeune initié et une patiente assise apeurée ...

Ditengou

(Mimique de communication avec les esprits. Il ouvre grand ses yeux et se frappe deux fois son chasse mouche...)

Tu n'es pas venue seule ma fille, il y a un esprit sombre qui marche avec toi !

(Il se frappe son chasse mouche de nouveau, puis avale des écorces et les recrache sur la tête de la patiente tourmentée...)

-C'est ta mère qui t'a pris le ventre en complicité avec ton mari, ils couchent ensemble dans le monde mystique. Quand, je te parle en même temps les esprits me disent que tu sors aussi avec un autre homme dans le village, un jeune chasseur, il se prénomme Ambroise ! C'est un homme bien avec un bon cœur, il va bien te garder, mais tu dois quitter ton mari.

Patiente1

C'est vrai oh ! Nganga ! Toi, tu vois ! La vérité !

Mouyissi

On dit bassé ! Nganga dit toujours la vérité ! Il voit ce que les yeux des hommes ne voient pas ! Il sent ce que le nez des hommes ne sent pas, il comprend même le langage des arbres de la forêt !

Ditengou

Mouyissi tais-toi, un peu ! Je n'ai pas besoin d'éloge ! Ma renommée a traversé les frontières de ce village ! Ma fille ! Je peux te soigner ! Mais es-tu prête à faire ce que je vais te demander de faire ! Parce que là, où se trouve attaché ton ventre, mon apprenti Nganga que je vais envoyer le détacher peut laisser sa vie !

Patiente1

Ah ! Nganga, je vais encore faire comment ! Je suis prête à tout ! Soigne- moi seulement, en retour tu auras ce que tu veux !

Ditengou

Mouyissi !

Mouyissi

Oui ! Nganga Ditengou !

Ditengou

Prépare le seau avec les écorces ! Tu vas laver l'enfant- là, avant que je ne lui fasse les soins !

(S'adressant à la patiente...)

Ma fille ! Tu vas dormir ici pendant trois jours ! Le combat s'annonce difficile, mais, je vais te sortir de là ! Tu as un enfant que j'entends pleurer quelque part ! Mais, il ne sera pas de ton mari ! J'ai vu, j'ai parlé ! Nima, na kombo, maganga bokayé !

Mouyissi

Ahé !

La patiente se lève et suit l'apprenti charlatan derrière le temple de consultation.

Entre à ce moment, Murima, la fille du vieux Banzouky, l'air hésitant... Elle retire ses sandales devant l'entrée du temple et salue avec beaucoup de respect Ditengou, stupéfait et émerveillé par la présence de la jolie demoiselle.

Murima

Bonsoir ! Ditengou !

Ditengou

Murima ! Pour une grande surprise c'est une grande surprise ! Que me vaut l'honneur de ta visite dans mon humble demeure ! Même si d'avance, je connais l'objet de ta présence !

Murima

Comme te l'ont sans doute révélé les esprits, je viens auprès de toi, m'enquérir de la situation de celui dont mon cœur porte la sève d'un amour profond.

Ditengou

Missossi ! Hum ! Cet imbécile heureux qui a perdu sa dignité et renié les siens ! Ma pauvre fille ! ton cœur est plein d'amertume et de désarroi. Le chagrin a vidé la source de tes larmes et bientôt ton cœur éclatera ! J'ai discuté à ce propos avec ton père qui est un homme bon et brave ! Depuis le décès de ta mère, que son âme trouve le repos et arrête d'errer dans les champs invisibles de la nuit, il veille sur toi comme un père protecteur ! Je lui ai demandé ta main et je connais ta position. Mais, je reste patient ! Car dit-on, celui qui sait attendre la pluie en période de sécheresse, connait la valeur de l'eau qui tombe du ciel. Parle ma fille, nous t'écoutons !

Murima

Je viens humblement demander ton aide. J'ai besoin de savoir, car mon cœur ne tient plus et je vis le trouble au quotidien. Je n'ai plus de repère. Mon père s'inquiète de jour en jour pour moi, pour mon cœur fragile. Je connais le langage de son regard silencieux. Dis- moi, Nganga Ditengou ! Missossi mon bien- aimé, reviendra-t-il un jour auprès des siens ? Et m'aime-t-il toujours ?

Ditengou

Je ne voudrais pas tromper ton cœur si affectueux et parfait comme la lune qui enfante les étoiles...

Il prend une assiette blanche, la pose devant Murima, allume une bougie, verse un peu d'eau et de la poudre blanche et invoque les esprits de l'autre monde.

-A présent, approche- toi de l'assiette et que tes yeux s'ouvrent !

Murima plongée dans une transe reste un long moment, figée, puis tombe...
Ditengou s'empresse de la sortir de transe et souffle très fort sur sa tête en prononçant des paroles incantatoires. Murima se réveille en sanglot. Elle retient son visage dans le creux de ses mains.

Ditengou

Je sais ce que tu as vu, et je suis informé de la situation de Missossi depuis très longtemps, mais, je ne peux le révéler à quiconque ! Même pas à son père le vieux Ivunda. Va à présent, auprès de ton père, la nuit arrive à pas d'éléphants avec les regrets et les plaintes des ancêtres.

Murima sort du temple en remerciant Ditengou, puis couvre sa tête d'un foulard et disparait avec les derniers rayons de coucher de soleil.

Ditengou

(Regarde s'en aller Murima...)

Va ma fille ! Cette nuit l'orage accouchera d'une chèvre et tu deviendras ma troisième épouse !

SEQUENCE6

Intérieur nuit/ Chambre, Maison d'Ivunda

Ivunda et Muratsi, sont dans leur chambre, une lampe tempête éclaire tout doucement la pièce. Au dehors plus un bruit, la nuit s'est installée et le village entier semble dormir.

Ivunda

Femme ! Femme !

Muratsi

Toi aussi, Bien- aimé ! Tu m'appelles comme si j'étais à l'extérieur de la chambre !

Ivunda

Pourquoi, me montres- tu ton dos ?

Muratsi

Tu veux que je te montre quoi ? Mon ventre !? Demain, je dois me lever très tôt pour aller à la rivière, nous n'avons plus assez d'eau à la réserve.

Ivunda

Si ton fils pensait à ses vieux parents, on aurait eu un grand puits, comme le vieux Rapono ! Son fils gagne beaucoup d'argent à la capitale avec la politique. Bientôt, il aura un château d'eau. Ça c'est un bon enfant, fils de Dioma ! Lui au moins, il n'a pas fui et abandonné ses parents ! Pourtant ils étaient tous à la même école du village ! Mais, lui ...

Muratsi

Ah ! Toi aussi ! Arrête un peu de te plaindre !

Ivunda

Ah ! Quitte- moi là ! D'abord, donne- moi !

Muratsi

Je te donne quoi ! Je suis fatigué Ivunda ! Et, je n'ai plus l'âge pour tout ça ! Il faut penser à chercher une deuxième épouse, plus jeune !

Ivunda

Quelle polygamie, tu veux me donner avec mes rhumatismes ! Ah ! Viens ici ! Donne- moi, ce qui m'appartient !

Muratsi

Rien ne t'appartient ! Tu n'as jamais complété la dote à mes parents. Il manque toujours le vin de miel pour mon père et les 12 pagnes Wax de ma mère.

Ivunda

Ouais et alors ! La maison où ils habitent au Pk10, qui l'a faite construire ? réponds- moi !

Muratsi

Prends ce que tu veux prendre et éteins la lampe tempête, la nuit ne veut pas tout le bruit-là que tu fais.

SEQUENCE7

Extérieur nuit/ Cour maison d'Ivunda

Sur la grande cour du village marche Nguébi, dans la nuit...
De passage, il s'arrête saluer son frère Ivunda.
Trouve la porte de la maison fermée, insiste tout de même à les saluer en les interpellant très fort.

Nguébi

Ivunda ! Ivunda ! Muratsi ! Vous roucoulez déjà !

Intérieur nuit/ Chambre Ivunda

Ivunda, le torse nu, s'écrie depuis sa chambre...

Ivunda

Mais, vraiment ! Ce type-là ! Si c'est le vin qui le rend comme ça, ce n'est pas la peine *!*

(S'adressant à Nguébi)

-Qu'est-ce que tu nous veux ? Il fait nuit ! Va dormir ! Vagabond nocturne ! Vaurien !

Extérieur nuit/ Maison d'Ivunda

Nguébi

Le vin !? Tu parles de quel vin Ivunda ?

Intérieur nuit/ Chambre d'Ivunda

Ivunda

J'ai dit vaurien ! Et va dormir !

Muratsi

C'est ton frère que tu traites de Vagabond et de vaurien ! Hum ! Bien- aimé toi aussi ! Tu exagères quand même ! Mieux je me tais ! Parce que ce qui sort de ta bouche- là, vraiment ! Il faut l'entendre pour le croire !

Ivunda

Ah ! Toi aussi arrête de me faire le bruit !

Extérieur nuit/ Cour maison d'Ivunda

Nguébi

Bon ! Je passe oh ! A demain oh ! Roucoulez bien oh ! Doucement ! Doucement !

Nguébi poursuit son chemin fredonne un air, et traverse seul la nuit noire.

SEQUENCE8

Extérieur jour/ Chez le vieux Banzouky

Le jour s'est levé dans le petit village de Dioma, on entend chanter les coqs de la basse-cour. Les enfants déjà debout depuis les premières lueurs du jour jouent et se ruent sur la cour. Murima assise sur un tabouret, pile des feuilles de manioc, pendant que son père le vieux Banzouky, lime sa machette. A ce moment arrive Ditengou qui s'adresse aux enfants dans la cour...

Ditengou

Le matin de bonheur comme ça, vous ne faites les petits travaux de nettoyage dans vos maisons respectives ? Enfants mal éduqués ! Quittez- moi là ! Sinon, je vous transforme en rat palmiste !

Les enfants se dispersent aussitôt dans la cour. Ditengou aperçoit Murima et s'approche d'elle...

-Bonjour la plus belle du village ! Tu es encore plus jolie en pagne ! Une vraie femme du village qui sait préserver nos traditions ! Je vais t'épouser toi !

Murima

Hum ! Vraiment ! Vous les villageois- là, vous manquez de galanterie ! C'est comme ça donc que tu comptes me faire la cour et demander ma main !? Pardon oh ! Le grand matin comme ça ! Je n'ai même pas encore lavé ma bouche !

Ditengou souriant, fixe Murima et murmure...

Ditengou

(Ma pauvre enfant ! Si tu savais que mon fétiche a déjà attaché ton cœur. Bientôt tu t'agripperas à moi comme une sauterelle affectueuse...)

Murima

Oui, que puis-je faire pour toi grand charlatan !

Ditengou

Je viens voir ton père Banzouky ! Est-il là ?

Murima

Tu le trouveras derrière la maison, il prépare ses outils de chasse.

Ditengou

Merci ! Ma chérie !

Murima

Je ne suis pas ta chérie !

Ditengou

Tu as raison, Murima. Mais le jour ne s'est pas encore couché, l'homme sage attend toujours la nuit pour lire les signes du lendemain !

Murima

Hum ! Attends alors ta nuit, j'espère pour toi, qu'il n'y aura pas d'orage cette nuit-là, pour ne pas effacer ou changer les signes que tu attends !

(D'un air Souriant, Ditengou, murmure de nouveau...)

Ditengou

(Sourira bien, qui sourira le dernier...)

Il salue de nouveau Murima et s'en va rejoindre le vieux Banzouky. Celui- ci tient une machette à la main, vérifie qu'elle est bien tranchante avec sa langue...

Banzouky

Ah ! Mon très cher ami Ditengou ! Que me vaut ta visite en si bon matin où l'herbe n'a pas encore fini de boire les larmes de la nuit !

Ditengou

Mon vieil ami et bientôt beau- père Banzouky ! J'ai suivi simplement les conseils éclairés des voix des

anciens disparus, qui m'ont dit de t'apporter ce
présent ! Gage de mon amitié sincère !

Banzouky

Tu es bon ! Mon cher ami, tu es bon vraiment ! Que
le grand sage qui marche dans les cieux et veille sur
la terre te récompense en bonté ! Merci, reposons
nos fessiers !

Ditengou

Ce sera pour une prochaine fois ! Mon cher ami, j'ai
laissé des patients en plein sommeil initiatique au
temple, je ne peux rester longtemps
malheureusement. Voici, un peu d'argent pour tes
besoins personnels et aussi ceux de ta fille, ma
future épouse, j'espère que tu veilles à ce que les
choses se déroulent comme nous avions convenu !

Banzouky

Bien sûr ! Mon futur gendre ! Ma fille est d'accord,
elle veut juste un peu de temps pour panser ses
blessures de cœur ! Reste confiant mon cher ami !

Ditengou

Je le suis très cher Beau- père ! Je le suis ! Bien ! Je
prends congé de toi ! A nous revoir très bientôt !

Banzouky

A très bientôt mon cher ami !

(Banzouky pensif...)

Demain, moi, Banzouky, je serai un homme riche et respecté de ce village, grâce à la future dote de ma fille Murima. Il faut que je refasse à ce sujet la liste de la dote, je mettrai 10 Vaches, 5 moutons, 2 cochons de brousse, 12 poules, 5 coqs, élevés au campement et 2 chats de brousse...

(Esquissant un grand sourire)

Ah, ça c'est une bonne dote et ce n'est pas fini...

(Puis, il retourne à sa besogne)

SEQUENCE9

Extérieur jour/ Chez Ivunda

Ivunda, porte une vieille veste et un pagne attaché autour des reins. Il déguste avec beaucoup de plaisir un morceau de viande. Arrive à ce moment Bilombi ami de Missossi, porteur d'une lettre qui revient de la grande capitale Pungu.

Bilombi

Bonjour Grand sage Ivunda !

Ivunda

Oh ! Bilombi ! Tu arrives de la grande capitale ! As-tu des nouvelles de mon fils ? Comment va-t-il, que fait-il là- bas, Bilombi ?

Bilombi

Votre fils va bien grand sage Ivunda ! Je vous apporte à ce propos une lettre de lui, où il vous donne de ses nouvelles.

Ivunda

Femme ! Femme !

Prends place mon enfant, pardonne ma maladresse, veux-tu un peu de vin de palme, il a été recueilli ce matin.

Bilombi

Je veux bien grand sage, merci pour votre gentillesse !

Ivunda

Femme ! Femme !

Muratsi

Oui Bien- aimé !

Ivunda

Nous avons un invité, apporte un gobelet !

Muratsi

Ah ! Bilombi ! Comment vas-tu mon enfant ?

Ivunda

Il va bien ! Donne-lui à boire et assieds-toi, nous avons reçu une lettre de notre fils Missossi. Veux-tu nous la lire mon fils, s'il te plait ! Je n'arrive plus à lire quoi que ce soit depuis que mes yeux se font vieux comme moi.

Bilombi

Avec grand plaisir, grand sage !

Arrive à ce moment Nguébi, accompagné de leur mère très âgée, marchant avec un bois...)

Nguébi

Cococo ! Bonjour la famille !

Muratsi

Bonjour ! Nguébi, oh ! Tu es avec belle- maman ! Elle est arrivée quand ? Samba ! (Accolade)

Ivunda

(Ivunda voyant sa mère arriver s'exclame à mi-voix...)

Ah, vraiment les problèmes commencent !

Nguébi

Ivunda, je suis allé chercher maman, le grand matin, à la gare routière. Elle dit qu'elle ne veut plus rester seule là-bas à Ngoundou, il y a trop de sorcellerie maintenant !

Ivunda

Mais, elle- même est sorcière non ! Pourquoi elle fuit encore les sorciers comme elle là-bas !

Muratsi

Toi aussi, Bien- aimée ! Comment tu peux accueillir ta mère comme ça ! Viens, belle- maman, tu dois être fatiguée ! Entrons, je vais te faire la chambre et tu vas te reposer après manger.

Nguébi

Viens maman ! allons !

Ivunda

Allons où ? On a dit maman ! C'est toi maman !? laisse- là et va boire ton vin partout, partout ! Les gens étaient tranquilles ici, le matin- là, vous venez encore avec vos problèmes de sorcellerie. Vous avez fini de manger les enfants d'autrui à Ngoundou et vous venez vous cacher ici ! Ma maison n'est pas un refuge pour sorcier en détresse hein ! Pas de voyage mystique ici hein ! Il ne faut pas venir manger en vampire les enfants des gens ici ! Tu as compris ! Sinon, tu repartiras avec la première voiture venue ! Vieille sorcière !

Muratsi

Oh ! Toi aussi, Bien- aimé ! Arrête !

Kaka Iwenga

Nzambé ! Nzambé !

Ivunda

Voilà, elle m'appelle Nzamba alors que je m'appelle Ivunda ! C'est peut- être quelqu'un qu'ils ont mangé dans leur tontine mystique !

Je ne m'appelle pas Nzamba maman ! Moi c'est Ivunda Nziengui ! Si c'est un enfant que tu as mangé en vampire, il faut aller te confesser devant le grand conseil des sages !

Mon fils, Bilombi, excuse tout ce remue bavardage ! Lis- moi la lettre que mon fils Missossi a envoyé ! S'il te plait !

Nguébi

Ah ! Notre fils Missossi nous a écrit !

Ivunda

Nuance ! C'est mon fils, né de ma semence, il est ton neveu par hypocrisie de filiation. Si c'est maman que tu as accompagnée, merci !

Si c'est la nourriture que tu veux, soulève la marmite et pars avec !

Nguébi

Comme toi- même tu me dis de me servir, je prends juste un peu de viande et un bâton de manioc !

Nguébi, tient un bout de manioc dans sa bouche, remercie son frère et sa belle- sœur puis prend congé d'eux...

-Je suis parti oh, belle- sœur Muratsi ! Je vais au champ ! Les gorilles ont encore saccagé les plantations.

Ivunda

Tu veux aussi ma femme ! En plus de la nourriture !

Nguébi

Même pas un peu de vin, grand- frère Ivunda ! J'ai la gorge sec !

Ivunda

Sèche ! On dit la gorge sèche ! Prends toute la bouteille ! Et va te souler là où tu vas t'arrêter ! Pardon mon fils Bilombi, lis-nous cette lettre et donne-nous des nouvelles de mon fils.

Bilombi s'empresse d'ouvrir la lettre et prend une position assise plus confortable.

Bilombi

« Cher Père, chère Mère ! Bonjour ! »

Muratsi

Attendez- moi, j'arrive, je suis là, Bonjour mon fils Missossi !

Ivunda

Tu es bête femme ! Comment réponds-tu au bonjour d'une lettre !

Muratsi

Mais c'est notre fils qui nous envoie son bonjour ! Pourquoi ne voudrais-tu pas que je réponde au bonjour de mon enfant !

Bilombi

Pardonnez- moi chers parents mais…

Ivunda

Ne t'excuse pas fiston, c'est à nous de te demander pardon et poursuis pour nous cette lettre si tu le veux bien !

Bilombi

Merci ! Chers parents ! Alors où en étais-je ?

Voilà, « cher père, chère mère… Bonjour !

Les mots et les expressions me manquent pour vous définir l'émotion qui est mienne au moment où je prends mon stylo pour vous écrire cette lettre. Comment allez-vous, et tonton Nguébi, est-ce qu'il vient toujours manger à la maison ? »

Ivunda

Tu as entendu femme ! Même mon fils sait que ce salaud de Nguébi vient se servir dans mes marmites.

Muratsi

Mais c'est normal ! Nguébi est ton frère, et c'est son oncle !

Ivunda

Ah, non ! Ce n'est pas son oncle, il faut laisser mon fils en dehors de tout ça !

Muratsi

Mais en dehors de quoi ?

Ivunda

Mon fils ! Efface- moi avec la salive, la partie où il a demandé son oncle.

Muratsi

Ah ! Tu as dit son oncle !

Ivunda

J'ai dit son oncle, moi ! Ma langue alors manquait de salive.

Muratsi

Egoïste, ingrat, tu ne penses qu'à toi !

Ivunda

Attrape bien ta bouche femme, car tu peux ne pas reconnaître ton visage si je te frappe !

Bilombi

Je vous en prie chers parents ! Arrêtez de vous chamailler pour si peu !
Je n'arriverai jamais à terminer la lecture de votre lettre.

Ivunda

Pardon mon fils !

Bilombi

Bien, reprenons s'il vous plaît !

« Je suis devenu un grand homme politique à la grande capitale, je voyage beaucoup dans le pays, Et bientôt vous me verrez même à la télé comme tous les grands hommes politiques de notre pays… »

Ivunda

J'espère qu'il fait attention à la politique ! Les gens qui font la politique à la capitale ne pensent pas à nous, ils ne pensent pas au village, alors qu'ils sont nés ici. Ils nous promettent les routes et le développement et après élus, plus rien ! Disparus ! La politique c'est beaucoup parler pour nous fatiguer les oreilles quand les yeux ont sommeil et quand le ventre a faim.

Muratsi

Bien- aimé, arrête de parler de politique ne vois-tu pas que tu fatigues Bilombi avec tes plaintes…

Bilombi

Je poursuis ! « Je vous envoie 200 Mille Francs CFA en espèce et vous recevrez désormais 50 Mille Francs CFA toutes les fins de mois, donc … »

Ivunda

Là, je reconnais mon fils ! C'est mon éducation qui parle.

Muratsi

Tu exagères un peu Bien- aimé !

Bilombi poursuit la lecture du courrier sans se laisser distraire…

Bilombi

« Ici à la grande capitale, j'ai acheté une maison, de cinq chambres, avec une grande salle de séjour, un bar, une salle à manger, trois salles de bain, une grande terrasse avec vue sur la mer, une salle de réception, un parking pour mes nombreux véhicules. La ville, c'est vraiment le paradis ! Je tenais aussi, à vous informer que je me suis mis en couple, avec une femme de la haute société. Ici, à la grande ville son père a beaucoup d'argent, c'est un ancien ministre de la république … C'est fini la vie de misère au village. Ne dites rien à Murima, ma promise. Elle peut être très affectée. Je respecte nos traditions mais, l'argent c'est la tradition du modernisme. Les histoires d'épouser un tel à la coutume, c'est dépassé ! »

Ivunda s'effondre à l'écoute des dernières paroles de Bilombi... Son épouse inquiète tente de le réanimer.

Muratsi

Bien- aimé ! Bien- aimé !

Bilombi

Grand sage ! Grand sage ! Qu'est-ce qu'il a ?

Muratsi

En lui annonçant que Missossi vit avec une autre femme en ville, il s'est évanouit. Car la tradition exige qu'il épouse sa promise Murima, la fille du vieux Banzouky.

Bilombi

Mais pour si peu !

Muratsi

Si peu ! Mon fils ! Ne sais-tu pas que les mariages traditionnels sont sacrés dans notre village ! Et pour la sauvegarde du clan, il y va de l'avenir ancestral de notre lignée. Que fais-tu de cet héritage culturel et clanique, fils ? Vous les jeunes de la ville vous jetez à la poubelle vos traditions !

Ivunda soudainement revient à lui...

Ivunda

Ah ! Ma pauvre tête, mon dos de vieillard abandonné, pourquoi le destin ne peut-il pas m'emporter dans les profondeurs des mystères de la nuit. Là, au moins, je crois que j'aurais le repos éternel. Femme ! Donne- moi ta main pour que je me relève...

Bilombi

Prenez ma main Grand sage !

Ivunda

Non ! Je veux celle de ma femme ! Vous êtes tous pareils vous les jeunes d'aujourd'hui, vous reniez votre culture, vous bannissez vos traditions, vous maudissez vos cultes et vos rites ancestraux au profit de la nouvelle civilisation de la ville. Vous n'aurez aucun héritage ancestral et votre progéniture ne connaîtra rien de l'histoire de vos origines. Pauvres enfants si pauvres d'esprit !

Muratsi

Bien- aimé ! Il n'est pour rien...

Ivunda

Je me méfie de tous ces jeunes, femme ! Car ils ont le même langage, les mêmes pensées, les mêmes visions. Ils partagent leur raison pleine d'excréments de chimpanzés. Que savent-ils de la vie, que savent-ils des valeurs morales et traditionnelles ? Ils naissent au village et se réclament enfants de la ville.

D'un geste de mépris, Ivunda crache sur la terre et maudit sa progéniture...

Muratsi

Ivunda ! Tu exagères ! Pourquoi maudire ton sang !

Ivunda

Je n'ai plus d'héritier femme ! Va ! Fils ! Sois mon messager auprès de celui qui était mon fils et dis- lui ma grande déception. A présent, je n'attends plus que la sentence du grand conseil des sages après cet affront de Missossi envers notre coutume. Les lois du clan sont claires et leurs applications sont irrévocables. C'est la fin de ma lignée et le début de mon suicide moral.

Muratsi

Va ! Mon enfant ! La nuit tombe déjà et bientôt on entendra le tam-tam annonciateur qui retentira dans tout le village à l'appel de la palabre.

Bilombi

Je vous laisse Père ! Mère ! Que la Paix reste en votre demeure.

Muratsi

Quelle t'accompagne fils et trouve ta maison.

Bilombi se retire et laisse le grand sage en méditation.

Le vieux couple après se lève et se dirige vers leur case. Au dehors on entend retentir en écho, le tam-tam du conseil des sages, qui annonce la grande palabre.

SEQUENCE10

Extérieur nuit/ Chez le vieux Banzouky

Le vieux Banzouky dans sa cour entend le message du tam-tam qui annonce la grande palabre, puis va vers sa fille.

Banzouky

Murima, ma fille ! Ce message nous concerne ! Nous sommes conviés au conseil des sages ! Il y a une grande palabre !

Murima

Que se passe-t-il père ?

Banzouky

Les nouvelles ne sont pas bonnes pour nous ! Il s'agit de Missossi, je ne peux t'en dire plus ! Demain dès le troisième chant du coq, nous prendrons la route pour aller suivre et écouter le déroulement de la palabre. Courage ma fille ! Le meilleur est à venir pour nous !

SEQUENCE11

Extérieur nuit/ Temple de Ditengou

Ayant entendu le tam-tam de la grande palabre, Ditengou s'exclame à voix haute et remercie les anciens d'avoir exaucé ses volontés.

Ditengou

L'heure a sonné ! Les esprits sont maîtres du monde de la nuit ! Demain est un autre tambour de surprise ! Pauvre Murima !

SEQUENCE12

Extérieur nuit/ Chez Ivunda

Nguébi, de retour des champs, s'arrête chez Ivunda...

Nguébi

Y a-t-il quelqu'un ici, dans ce village ?

A cet instant sort Muratsi...

-Ah ! Bonsoir belle-sœur Muratsi, ton Mari n'est pas là ?

Muratsi

Bonjour Nguébi, il se repose !

Nguébi

Et maman, elle va mieux ?

Muratsi

Elle se plaint des douleurs aux jambes, sans doute les rhumatismes, je vais l'emmener voir un guérisseur, pour qu'il nous conseille une écorce.

Nguébi

Merci, Belle- sœur ! De prendre soin de maman. Tu es une bonne femme, mais ton mari...

Ivunda qui s'était levé, épie la discussion et réagit...

Ivunda

C'est vrai alors le dicton qui dit que : « c'est ton propre frère qui te vendra si les colons reviennent... » !

Nguébi

Ah ! Bonsoir Ivunda !

Ivunda

Garde ton bonsoir hypocrite !

Muratsi

Ne crois-tu pas qu'il serait favorable d'enterrer la hache de guerre et de trouver ensemble la conduite à suivre face au conseil lors de la palabre ?

Nguébi

Qu'y a-t-il, pourquoi parler de conseil et de palabre ?

Ivunda

Ce ne sont pas tes affaires Nguébi !

Muratsi

Si ! Bien- aimé, il a le droit d'être informé de ce qu'a fait son neveu, car lui aussi sera convoqué lors du conseil…

Nguébi

Mais enfin ! Allez- vous, vous décider à me dire ce qu'il se passe ?

Ivunda

Assieds-toi et calme toi Nguébi ! Et : « Ce n'est pas en secouant très fort la branche que le singe parvient à cueillir les cerises sauvages car elles vont lui retomber sur la tête ».

Nguébi

Je prends l'assise et je suis calme, mais je ne suis pas un singe !

Ivunda

C'est un proverbe !

Nguébi

Je l'avais compris !

Muratsi

Arrêtez ! Est-ce que vous vous regardez ! Mêmes des enfants de cinq ans s'abstiendraient d'être aussi bruyants. Si tu te montres encore si désagréable avec ton frère, je prends mes affaires et je vais me plaindre au tribunal traditionnel.

Ivunda

Pardonne-moi femme ! Et accepte mes excuses frère Nguébi. C'est le ressentiment que j'ai pour mon fils, qui me fait perdre la raison. Ma maison est ta maison, tu dois t'y sentir comme chez toi.

Nguébi

J'ai beaucoup de respect pour toi grand- frère Ivunda, et une grande admiration. Tu es la fierté de la famille, moi je n'ai pas eu la chance de fréquenter l'école des blancs comme toi qui parle si bien leur langue. Mais je crois que c'est parce que je n'ai jamais voulu être loin de ma terre, loin de ce qui fait mon être, fils de cultivateur, je protège et défends la terre qui est notre héritage et notre richesse ancestrale.

Ivunda

Tu as la langue sage Nguébi, ton éducation est meilleure que celle de l'école car aujourd'hui, elle éloigne nos enfants de leur terre, leur vraie richesse. Ils fuient leur origine et renient leur culture. Ton neveu, Missossi a épousé une femme à la grande capitale, c'est ce qu'il nous a dit dans le courrier qu'il a envoyé avec son camarade Bilombi. En agissant ainsi, alors qu'il devait épouser la jeune Murima, fille de Banzouky, il a offensé les anciens et violé les lois de notre coutume, au péril de notre lignée. Le clan des cultivateurs se verra frapper par un sort à cause de sa stupidité ! Il subira le châtiment infligé par le conseil des sages, lorsque la décision tombera après le passage des trois lunes rondes.

Nguébi

Ah ! Ces jeunes ! Qu'est-ce qu'ils ont aujourd'hui à courir derrière les femmes comme des bêtes sauvages en chaleur. Que font-ils de leur passage initiatique dans la grande forêt mystique des génies sans tête. Ils font honte au clan et ne méritent pas la considération des anciens. Qu'adviendra-t-il de son insolence ?

Ivunda

Je l'ignore ! Seul le conseil en décidera, la palabre sera rude et je sais que je n'ai pas bonne considération dans ce conseil car le grand sage Banzouky n'a jamais oublié le tort que je lui ai causé quand je lui ai refusé la main de notre fille décédée, il y a plusieurs saisons déjà. A cet affront causé par notre fils, la tradition exige en principe qu'il soit donné une fille en mariage au père de la promise, mais nous n'avons plus de fille. Alors tout devient compliqué car il nous reste qu'une seule alternative, c'est un sacrifice. Du sang versé au pied de l'arbre à palabre pour asseoir la colère des génies sans tête.

Nguébi

Je t'ai écouté avec beaucoup d'attention grand-frère Ivunda, la situation est très grave. Que peut- on faire ?

Ivunda

Rien ! Nguébi, je souhaite donner mon sang en sacrifice, pour laisser vivre mon fils, même s'il a commis l'irréparable !

Muratsi - Arrête de perdre la tête Bien- aimé, ce n'est pas à toi d'en décider, attendons la sentence du conseil, avant de prendre toute décision déraisonnée.

Nguébi

Elle a raison, grand- frère Ivunda, c'est au conseil d'en décider... Tiens ! N'est-ce pas le tam-tam du conseil qui appelle les sages et les villageois à la grande place de la palabre.

Ivunda

En effet, Nguébi, c'est le tam-tam des sages ! La nuit va être longue pour moi, je sens déjà le vent du soir porteur de nouvelles qui me chante la colère des génies et le ciel sans étoiles, la méfiance des dieux qui marchent sur le ciel et crachent sur la terre.

Entrons femme ! Ils arrivent déjà ceux qui nous relaient la nuit. Leur vie prend jour dans ce grand silence. Bonne nuit ! Nguébi ! Il faut rentrer !

Nguébi

Bonne nuit à vous ! Que les anciens nous préservent du pire.

Un air de cithare, enveloppe le village sombre, des pas froissés se laissent entendre, le vent parle à la nuit et les oiseaux nocturnes accompagnent en récital la mélodie du cithariste...

Dans le lointain une voix masculine déshabille la pénombre de la nuit, les génies sans têtes sont là, ils dansent la danse des esprits condamnés à errer sur terre. Le fou apparait sous les lueurs pourpres de la nuit, s'exprimant dans une langue étrange annonçant un malheur...

Le Fou

Vous qui entendez les cris de la nuit que le jour a encore violé. Arrêtez de sacrifier votre progéniture ! Qui gardera le village quand mourront tous les coqs de la basse-cour ! Ne couchez plus avec les enfants qui n'ont pas encore le sexe ouvert ! Le hibou sort la nuit parce que ses yeux ne peuvent voir le jour. Le Malheur arrive oh ! Cachez- vous ! Enfermez vos enfants ! Ce n'est pas le coq du village qui couche vos poules la nuit, c'est Ditengou, le Nganga du village. Les œufs que vous mangez sont ses excréments. Il y a une nouvelle sorcière dans le village ! Cachez vos enfants oh ! Le sang va couler bientôt ! Vous qui entendez les cris de la nuit que le jour a encore violé, ne couchez plus avec les enfants qui n'ont pas encore le sexe ouvert. Le hibou sort la nuit parce que ses yeux ne peuvent voir le jour. Le Malheur arrive oh ! Rekoungouna ! Je te vois oh ! Même si tu te caches, je te vois sortir en vampire ! Ecoutez les pleurs des enfants noyés dans le fleuve, ils n'ont pas encore traversé l'autre côté !

Puis, le Fou disparait dans la nuit...

ACTE II

(LA GRANDE PALABRE)

SEQUENCE1

Extérieur jour/ cour du village, corps de garde

Le grand conseil, autour du feu qui brûle en braise fumante, étale la palabre du jour. Le sage Nzila, prend la parole dans cette grande assemblée, où chefs, sages et villageois sont réunis pour écouter et suivre le déroulement de la palabre...

Nzila

Grand chef Kombé Massandé, sage de tous les sages de ce village. Ta clairvoyance dépasse toute la contrée et traverse les villages des tribus voisines. Nous sommes réunis en ce jour de début de saison sèche pour mettre en propos et en jugement la palabre de Missossi, fils du grand sage Ivunda Nziengui, qui a violé les lois traditionnelles et offensé les anciens, en épousant une femme étrangère à nos coutumes. Par cet acte ignoble, il s'insurge contre nos mœurs, crache avec mépris sur les valeurs morales qui définissent notre clan ; il est par conséquent banni de cette lignée de braves cultivateurs qui font la fierté de notre tribu. En tant que membre du grand conseil des sages et défenseur des droits de la constitution traditionnelle, je demande au conseil d'appliquer le châtiment prévu à cet effet. Que le malheur s'abatte sur lui pour que nous soyons lavés de cet affront. Comme disait mon grand- père : « Si tu veux tromper ta femme, ce n'est pas avec la femme du chef, mais avec celle du chasseur, mais rassure- toi avant, qu'il rentrera avec un gibier ».

(Rires dans l'assistance…)

-J'ai parlé, j'ai craché !

Banzouky

Grand chef Kombé Massandé, sage de tous les sages, grand Nima (Maître initiateur) de la société secrète Bwiti Dissumba (Rite initiatique) de ce village. Je ne suis pas ici, pour condamner le geste immature et maladroit de mon gendre Missossi, dont la maturité d'esprit n'a pas eu raison de ses années passées près des anciens. Je connais son Père et j'ai longtemps côtoyé cette famille pour avoir voulu épouser la défunte fille du Sage Ivunda et mon cœur porte encore la sève amère de notre conflit antérieur. Mais, je suis là pour plaider la faiblesse d'un homme que la ville a rendu esclave et aveugle. Gardons en souvenir, les dons en matériel que le village a pu bénéficier grâce à lui, lors des fêtes célébrant l'accession de notre pays à l'indépendance, il y a quelques saisons.
C'est vrai qu'il n'est pas à son premier procès. Et, qu'il n'a jamais fait l'assentiment de certains

villageois à qui il causait du tort. Nous avons aujourd'hui la lumière au petit marché grâce à son courage manifesté face aux grands hommes de la ville. Sachons reconnaître les bonnes actions et les biens faits apportés par ce fils, né sur ces terres nôtres. La grande ville l'a transformé, l'argent l'a séduit et toutes ces femmes qui se baladent presque sans vêtements là-bas en ville, tout cela lui a fait perdre la tête et ses repères ; ceux d'un fils de cultivateur, qui a grandi près de la terre et ne peut se séparer de celle-ci. Je dépose à vos pieds grand chef, mon chasse mouche, pour demander au conseil la clémence envers l'affront causé par mon gendre. Comme dit un proverbe bien de chez nous :« Celui qui regarde plus loin que sa pupille sait où est la limite de sa vue ». J'ai parlé, j'ai craché !

Ivunda

Grand chef Kombé Massandé, toi dont la sagesse n'a pas de frontière, accepte mon estime. J'épargnerai à l'assistance un long discours, car nous connaissons tous le sort réservé aux transgresseurs de lois traditionnelles. Je tiens à remercier le discours plein de hauteur du sage Banzouky, qui contre toute attente ne porte aucune hostilité manifeste à l'affront de mon fils. Cependant, Je demande au conseil d'accepter mon sang en offrande pour laver cet affront.

Que le conseil applique la loi telle qu'elle doit l'être.
J'ai parlé, j'ai craché !

(Bruit autour de l'arbre à palabre, sages et villageois discutent à voix fortes et assourdissantes... Puis, le grand chef, impose le silence avec son bâton de pouvoir.)

Grand sage Kombé

Silence ! Silence !

Vous êtes sans ignorer qu'à chaque fois que je lève la voix, c'est une dizaine de serpents qui naissent. Ma puissance est inégalée et inégalable. Je suis à la fois, homme, esprit et feu. Les génies m'ont invité dans la nuit d'hier à danser la danse des esprits qui errent... Ils m'ont révélé le secret des femmes qui enfantent les mort-nés, et le secret des animaux qui ne dorment pas la nuit et se reposent le jour. Ils ont dit que l'homme habitait en l'homme depuis la création et que le grand sage de tous les sages qui marche dans le ciel et crache sur la terre n'a d'yeux que pour les justes et les initiés.
Je vous ai écouté tour à tour, et je ne peux seul décider du sort de Missossi, fils du grand sage Ivunda. Que le grand conseil mystique des esprits condamnés rende sa décision à la tombée de la prochaine lune ronde et cette sentence sera sans

voix. Ecoutez la voix du tam-tam qui reprend l'écho des génies sans tête. J'ai parlé, j'ai craché !

Le conseil se retire et les villageois se dispersent dans la grande place de l'arbre à palabre...

SEQUENCE2

Extérieur Nuit/ Chez le Vieux Banzouky

Au soir tombé, tout est silence dans le village inerte, seule, le visage refermé sur ses genoux, Murima, chante le chagrin et la solitude d'une jeune épouse meurtrie.

Murima

Je crois en l'amour
Pas au son des tambours
Mon Bien-aimé
Mon cœur est blessé
J'ai perdu le sourire de mon charme
La solitude m'emprisonne, me désarme
Les rêves m'échappent en sursaut
Et mes songes deviennent tous sots
Je pleure au quotidien ton absence
Tout pour moi n'a plus de sens
Je ressens la mort m'envahir
Je t'aime trop pour te haïr
Pourquoi m'as-tu abandonné
Toi, à qui j'ai tout donné
Je retiens mes larmes pour comprendre
Que l'amour est pour celles qui savent attendre

Tant de nuits sourdes au parfum d'espoir
Mon cœur a perdu la force d'y croire
Adieu mon amour tout est fini
Adieu Missossi, je mourrai seule ici.

Elle sanglote de toutes ses larmes et son père vient vers elle pour la réconforter...

Banzouky

Ma fille ! Fais taire ton chagrin et sèche tes larmes. Je comprends ta douleur car quand ta mère m'a laissé pour épouser un autre homme, je n'ai pu retenir mon chagrin et jour après jour je voyais son fantôme défiler dans ma tête, car j'avais beaucoup d'amour pour elle. Mais les sentiments d'amour sont comme les flots, on ne sait jamais si, ils couleront vers d'autres sources. Aujourd'hui ma douleur plus qu'hier est morte et mon chagrin n'est plus qu'un vent de souvenir qui vient et repart. Ne pleure plus ! Viens avec moi, à deux, nous serons plus forts. Viens mon enfant demain les oiseaux s'en iront chanter ton chagrin sur les plaines et te rapporteront le parfum de la prochaine saison. La nuit est froide, protège ton corps fragile.

Elle se lève et s'appuie sur son père comme pour trouver le réconfort qu'elle cherchait pour éteindre son chagrin.

SEQUENCE3

Extérieur jour/ Chez Ivunda

Quelques jours après, la malédiction s'était abattue dans le clan... Nguébi, le frère d'Ivunda et oncle de Missossi, était celui que les génies sans tête avaient sacrifié sous l'ordre du conseil des esprits. Le village était dans un deuil amer et sombre. Muratsi, assise sur un petit banc de cuisine pleurait sans relâche... De l'autre côté, Ivunda les yeux rivés vers le ciel implorait le grand sage qui marche dans le ciel et crache sur la terre des hommes.

Ivunda

Pourquoi avoir choisi Nguébi mon frère, pour payer de son sang l'outrage causé par mon fils ? La vie est injuste, tu nous regardes d'en haut sans intervenir, pourquoi ce grand silence face à tant de malheurs Grand sage, sage de tous les sages, toi dont le mystère est connu que par les initiés.
Ne me cache pas ta face, montre-moi ta colère si tel est mon destin. Je mourrai fier et heureux de connaître la demeure de ton silence.

Muratsi

Ce n'est pas juste !

Assise de l'autre côté de la case, la mère du grand sage Ivunda depuis l'enterrement de son fils Nguébi, est inconsolable...

Ivunda

Maman, ça ne sert à rien de pleurer comme un enfant ! Nguébi est mort, même ta sorcellerie ne peut rien faire ! Donc laisse- moi le cinéma que tu fais- là ! Apprête tes affaires, le chauffeur qui te ramène au village est là dans bientôt. Si tu étais une vraie sorcière tu aurais vu que les génies sans tête avaient choisi de sacrifier ton fils Nguébi.

Muratsi

Il ne méritait pas de mourir, il ne méritait pas de partir...

Ivunda

Si la mort est le tunnel qui conduit au repos, alors qu'il soit en paix. Mais le chagrin qui cherche sa présence m'éloigne de la lumière de la nuit.

Femme ! Voilà que le jour se précipite dans l'atmosphère, il nous faut nous apprêter pour aller à la plantation. La route est longue, je sens le soleil qui veut s'y rendre avant nous. Nous aurions dû nous lever au premier chant du coq.

Muratsi

J'arrive Bien- aimé, en attendant le départ de belle-maman, je vais préparer mon panier et ma machette.

SEQUENCE4

Extérieur jour/ Chez Le vieux Banzouky

Le vieux Banzouky sollicite Murima...

Banzouky

Murima !

Murima

Oui, père !

Banzouky

As-tu réfléchi à la proposition de mariage de Ditengou, il est temps pour toi de peser le pour et le contre vraiment, les années passent et ton pauvre vieux père se meurt. Bientôt, je ne pourrais plus répondre des travaux champêtres et les plantations que ta mère a laissé ne produisent plus grand-chose. La grande saison des pluies approche et nos récoltes à venir me laissent indécis. Missossi nous a tous humilié et aujourd'hui, il est le déshonneur de ce village.

Murima

Je t'ai écouté père, et tu as raison, il est temps que je passe à autre chose. Mais, je te demande de m'accorder un peu de temps afin de panser ma douleur. A la fin de la semaine, je reviendrai vers toi, pour te donner mon approbation. J'irai ce matin porter un panier d'ignames à Muratsi.

Banzouky

Tu es une fille très sage Murima, je t'en remercie et transmets mes salutations au Vieux Ivunda.

Murima

Je n'y manquerai pas, père.

Banzouky

Fais attention à toi ! les chemins de la forêt deviennent dangereux.

SEQUENCE5

Extérieur jour/ Chez Ivunda

Missossi est de retour au village. En parcourant les paysages de son enfance, il se remémore de ces belles années passées auprès de sa famille. Après un long périple en voiture, il arrive enfin chez lui, mais ne trouve personne...

Missossi

Il y a quelqu'un ? Toc ! Toc ! Papa ! Maman ! Oncle Nguébi ! Où êtes- vous ?
Personne ! Où est-ce qu'ils sont passés ? Enfin !
Ah ! L'air frais du village, l'odeur du bon vin de palme qui vient me frapper dans les narines. Oui !
C'est la belle saison ! Ah ! Que de souvenirs ! Le village m'a bien manqué quand même.

SEQUENCE6

Extérieur jour/ Cour, Chez Ivunda

A ce moment arrive Murima qui vient rendre visite à ses beaux-parents, Elle porte sur sa tête des légumes et d'autres provisions. Surprise et sidérée, voyant Missossi, elle s'exclame...

Murima

Missossi !? Est-ce vraiment toi ?

Il se retourne et aperçoit Murima émue et troublée.

Missossi

Murima, ma dulcinée ! Comme tu as changé ! Tu es devenue encore plus belle !

Murima

Ma dulcinée ! Es-tu conscient des mots qui sortent de ta bouche ! Pourquoi es-tu revenu, te rends-tu compte du désastre et du tort que tu as causé à ta famille ?

Missossi

Désastre ! Tort ! Mais de quoi me parles-tu,
Murima ?

Murima

Je vois que tu n'es pas au courant de beaucoup de
choses.

Son chagrin se lit dans son regard vide...
Sur son visage quelques larmes d'amertume.

-Par ta faute et ton insouciance, ton oncle Nguébi
est mort pour laver l'affront que tu as causé à notre
clan en épousant une autre que moi. Mais rassure-
toi, moi, j'ai survécu à cet affront et au chagrin lourd
que tu m'as fait porter. Que t'ai-je fait amour, pour
mériter cela... Ne t'ai-je pas donné assez
d'affection ? N'ai-je pas été assez bonne femme pour
toi, pour avoir désiré une autre que moi et en plus
une femme étrangère à nos us et coutumes. Tu as
ouvert une plaie profonde dans mon cœur fragile et
naïf. Et le sang de la douleur coule en moi.

Missossi

Murima ! Ecoute... Je suis sincèrement désolé.
Pardonne- moi ! Je peux comprendre ta douleur !

Murima

Ma douleur ? En es-tu sûr ? Tu ne peux connaître la douleur qui habite mon cœur.
Pourquoi as-tu rejeté les siens, toi qui étais la fierté de tous. Toi dont la force et le courage n'avaient d'égal. Tu étais ma vie, mon souffle, mon espoir, ma raison, ma lumière et mon bonheur...

Missossi

Pardonne-moi Murima ! J'ai été égoïste, je le reconnais, je n'ai pensé qu'à moi et à moi seul, c'est vrai !

Murima

Egoïste ! Tu n'as pas été qu'égoïste ! Tu as condamné les siens, tu as détruit ta famille, tu portes la mort sur ton corps.

Missossi

Murima... Ma promise ! Viens dans mes bras, je t'en prie !

Murima

Ne me touche pas ! La sueur qui coule de ton corps est infecte !

Missossi

Dis- moi, que puis-je faire pour que tu me pardonnes, Murima !

Murima

Te pardonner ! Est-ce que tu t'entends ? Tu es fou ! Ce n'est pas auprès de moi que tu viendras implorer le pardon. S'il te reste un peu d'humilité et de dignité, va vers la tombe de ton oncle, c'est à lui de te délivrer le pardon. Adieu ! Missossi

Missossi

Attends ! Murima, ne t'en va pas, s'il te plait ! Murima !

Elle s'en va sans se retourner, en sanglotant. Emportant avec elle toute sa peine et sa haine.

SEQUENCE7

Extérieur jour/ Chez Ivunda

Ivunda et son épouse reviennent des champs. Ils se sont arrêtés en chemin à cause des douleurs de rhumatisme. Ils restent stupéfaits de voir leur fils assit devant la case familiale. D'un ton rageur, Ivunda laisse exprimer sa colère...

Muratsi

Missossi ! C'est toi !? Mon fils !

Ivunda

Comment oses-tu revenir dans ce village après avoir crucifié ton oncle sur la croix de l'affront. Tu es banni par ton clan et maudit à jamais !

Muratsi

Non ! Ivunda ! Pourquoi tant de haine, pourquoi tant de mépris, n'avions-nous pas déjà assez souffert !

Missossi

Père ! Je te demande pardon ! Pour tout !

Ivunda

Tu oses m'appeler père ! Jamais je ne te le pardonnerai, tu m'entends, jamais ! Fuis loin de mon regard, cache-toi loin de ma colère, tu es la honte et l'humiliation qui pèse sur ma conscience. Tu n'es plus mon fils ! Quitte ce village et emporte avec toi, haine et malédiction !

Muratsi

Non ! Ne t'en va pas mon fils !

Missossi

Pardonne-moi mère ! Ne me rejette pas, garde- moi dans ton cœur.

Puis, Missossi s'adresse de nouveau à son père...

-Père ! Je suis désolé pour oncle Nguébi !

Ivunda

Quitte ce village !!!

Muratsi s'effondre en larme, elle n'a plus que sa douleur pour exprimer son cœur meurtri.

Muratsi

Mon fils ! Mon fils ! Non ! Viens chez maman, ne t'en va pas sinon je mourrai de chagrin. Reviens mon fils !

Muratsi s'écroule en sanglot sur le sol et Ivunda les poings pliés regarde son fils disparaitre dans le lointain... Puis, se rapproche de sa femme la relève et la conduit vers la case familiale.

Musique de harpe en off et voix du narrateur

Retiens mes larmes

Retiens la source ébranlée

S'en vont les soleils noirs

Au coucher des rires nostalgiques

Ici pleurent les saisons

Ici chantent les moissons

S'envolent les fumées du soir

Loin de nos villages délaissés

Et les rivières ludiques émoussées

Effluve d'enfance gambadée

Au son de la corne vieillie

Retentit le dernier coup de pilon

Courent les amours tambours

Courent les vents en brisure

Sous les palétuviers des espérances

Emportant les remords chagrins

S'éteint mon cœur larmoyé

Par les blessures de destin

Retiens mes souvenirs

Retiens les flammes de vie

Mes joies et misère prosternés

Tout s'oublie autour de nous

Tout se perd en ignorance clamée

Reste en moi l'encens âpre

De cette terre d'héritage

Ma terre

Ta terre

Notre terre.

SEQUENCE8

Extérieur jour/ Cimetière familiale d'Ivunda.

Missossi se recueille devant la tombe de son oncle Nguébi.

Missossi

Oncle Nguébi, pardonne- moi ! Pourquoi toi ! Pourquoi ? Quelle injustice ! Tu n'as jamais causé de tort à qui que ce soit. Toi qui vivais paisiblement sans problème. Comme la vie est cruelle ! Tu ne méritais pas de partir si tôt ! Qu'ai-je fait ! Oh ! Grand sage céleste ! Pourquoi restes-tu silencieux à ma douleur ! C'est vrai que je suis la cause de tout ce malheur. A moi de réparer mon tort ! Repose en paix cher oncle !

Inconsolable, il se relève le visage consterné et perdu. Un dernier regard rivé vers la tombe de son oncle, puis reprend son chemin...

SEQUENCE9

Extérieur jour/ Chemin de la rivière

*Murima, calebasse sur la tête se rend à la rivière.
En prenant le petit chemin du village croise par
hasard l'apprenti charlatan Mouyissi. Ce dernier
ayant reconnu Murima fait fi de l'ignorer, puis se
met à la suivre discrètement.*

*Marchant, l'air serein, Murima arrive près de la
rivière et stupéfaite croise Missossi de nouveau,
revenant du cimetière.*

Murima

Missossi ! Que fais-tu là ?

Missossi

Je suis allé me recueillir sur la tombe de mon oncle
Nguébi et avant de reprendre la route pour la ville,
je voulais revoir la rivière, car c'est ici où, je venais
souvent déverser ma tristesse quand mon cœur était
en peine. Père m'a maudit et banni du village !
J'ignorais pour oncle Nguébi et je suis très triste
pour le malheur que j'ai causé. Je suis sincèrement
désolé pour le mal que je t'ai fait ! En me recueillant
sur la tombe de mon oncle, j'ai compris le mal que

j'ai fait à tous. Et, je t'en remercie ! Je ne pouvais pas repartir sans te revoir une dernière fois. Je t'ai toujours aimé, je t'aimerai toujours ! Ce n'est pas parce que je vis en couple avec cette femme en ville que j'ai oublié tout ce que nous avons partagé. Mes souvenirs de toi, je les garde à jamais, car quand on aime vraiment c'est pour la vie ! Je t'aime Murima, je l'ai su encore quand je t'ai revue, j'ai senti mon cœur s'illuminer de l'intérieur. Et, j'ai compris que je ne pouvais pas vivre sans toi ! Mais, je ne peux raccommoder les blessures de ton cœur fragile !

Murima

Si tu savais que mon cœur était fragile pourquoi m'avoir blessée et abandonnée ?

Missossi

Parce que j'ai été aveuglé par l'argent, les biens matériels, la vie en ville. Mais, en revenant ici, j'ai compris beaucoup de choses. Je suis de ce village, c'est de cette terre que j'ai été façonné et moi, je l'ai rejetée ! Je ne pourrais pas ramener mon oncle Nguébi, mais, en me recueillant sur sa tombe, il m'a parlé et j'ai pleuré ! C'était un homme bon ! Avec une simplicité de vie. Malheureusement il n'a pas eu d'enfant, et je lui ai fait la promesse de donner à mon premier enfant son patronyme. Je suis désolé Murima, je n'ai jamais pensé te faire du mal !

Murima

Je le sais bien ! Je t'ai toujours attendu, j'ai toujours espéré que tu reviendrais. Saison après saison, j'ai vu mon cœur s'ébranler à chaque orage tombé. Je t'aime toujours Missossi ! Je n'ai pas la force de te rejeter, mon cœur me l'interdit !

Ils se regardent longuement et s'embrassent comme pour oublier tous les malheurs de la vie.

Missossi

Viens ! Descendons jusqu'à la rivière !

Murima

Je ne peux pas trahir la confiance de mon père !

Missossi

Tiens ma main, regarde- moi et vivons cet instant qu'il soit une éternité dans notre cœur ! Je t'aime Murima !

Sous le charme envouteur de son homme, Murima se laisse aller au vent de l'amour, rafraichissant son cœur de bonheur.

SEQUENCE10

Intérieur jour/ Temple de Ditengou

Mouyissi arrive en courant au temple et interpelle Ditengou...

Mouyissi

Nganga Ditengou ! Nganga Ditengou !

Ditengou

Qu'est-ce qu'il se passe Mouyissi, tu hurles comme si tu avais surpris un Chimpanzé accouplé avec une chèvre !

Mouyissi

C'est pire que ça, Nganga Ditengou !

Ditengou

Mais parle bon sang ! Au nom d'une pipe en terre cuite !

Mouyissi

J'ai vu un revenant ! Missossi est de retour au village ! Je l'ai vu avec votre future femme, la fille du vieux Banzouky ! A la rivière, ils s'échangeaient leur langue !

Ditengou

Quoi ! En es-tu sûr ? Mouyissi !

Mouyissi

Ah ! Nganga Ditengou, je les ai vus comme je vous vois écarquiller vos grands yeux, comme ceux d'un crocodile menacé.

Ditengou

Ce salopard de Missossi ! S'il croit qu'il va reconquérir le cœur de Murima, c'est qu'il ignore jusqu'où s'étendent mes pouvoirs mystiques ! Apporte- moi, les gouttes de larmes du lamantin que j'ai ramené hier du petit marché. Donne- moi également la langue fumée du caméléon, l'œil borgne du hibou, les excréments de rats de la brousse. On n'apprend pas à un vieux gorille à faire la grimace ! Mouyissi !

Mouyissi

Oui ! Nganga Ditengou !

Ditengou

Combien de foudre il reste dans le panier mystique, je sais qu'on a utilisé deux, hier pour le fusil nocturne de la cliente qui est venue de la grande ville ! Celle qui veut rester avec l'héritage de son mari qu'elle a tué.

Mouyissi

Il ne reste qu' une seule foudre Nganga Ditengou ! On fait comment ?

Ditengou

Non ! Laisse ! J'y pense ! Bientôt les élections à la grande capitale, les hommes politiques viendront en masse chercher à se faire élire, donc on ne touche pas à ça pour l'instant ! Charge dix aiguilles dans le fusil nocturne quand tu auras terminé de mélanger les écorces. Tu programmes ça pour ce soir au coucher du soleil ! Ce chien de Missossi, retournera en ville plus tôt qu'il ne le pense !

Mouyissi

Il va sentir sa douleur ! Vraiment ! Je charge pour les deux pieds Nganga Ditengou ! Comme ça, il sera paralysé du coup !

Ditengou

Non ! Un seul pied suffit ! Il sera obligé de repartir se faire soigner à la grande capitale, car quand ils viendront me chercher, je dirai qu'il n'y a que la médecine des blancs pour le guérir de son mal.

Mouyissi

Mais, Nganga Ditengou, nous on soigne les fusils nocturnes ici !

Ditengou

Tu ne comprends jamais rien toi ! Charge- moi seulement les aiguilles ! Idiot !

Ditengou, l'air méditatif, jette les cauris sur une natte et sourit en murmurant...

-Je suis Ditengou fils de feu Divassa Di Ndingue ! Je Mangerai le crane de ma mère si je n'épouse pas Murima !

Un grondement de tonnerre se laisse entendre dans le ciel terne, puis une douce musique de cithare.

ACTE III

(LE SORTILEGE)

SEQUENCE1

Extérieur soir/ chez le vieux Banzouky

Polissant son fusil pour la chasse du soir, le vieux Banzouky est déconcerté en voyant arriver sa fille Murima l'air troublé...
Il s'interroge...

Banzouky

Murima ! Qu'y a- t-il, ma fille ?

Murima

Père, je suis embarrassée et perdue !

Elle sanglote et se jette dans les bras de son père.

Banzouky

Parle à ton vieux père ! Quelqu'un t'a importunée ? Tu es souffrante ?

Murima

Non, père ! Je ne sais trop comment te le dire ! C'est Missossi ! Il est réapparu ! Il est de retour au village !

Banzouky

Comment ! Que dis- tu ? Missossi est dans ce village ! En es-tu sûre, Murima ?

Murima

Oui, père ! Je l'ai vu de mes propres yeux. En allant saluer le vieux Ivunda ce matin avant de me rendre à la rivière. Je n'en revenais pas. Mais, il est bien de retour.

Banzouky inquiet et abasourdi, s'écrie...

Banzouky

Que vient- il encore foutre dans ce village ! N'a-t-il pas abandonné les siens ! J'espère pour toi que tu ne t'es pas jetée naïvement dans ses bras ! Car, il porte en lui le malheur. Il est temps que tu comprennes que Missossi est un voyou de la pire espèce ! Inconscient et insoucieux ! Il a perdu mon respect et ne mérite pas qu'on lui accorde le moindre intérêt ! Je vais de ce pas voir Ditengou. Je pense qu'il est temps d'approcher la date de la cérémonie de votre mariage.

Murima

Mais, père ! Je ne suis pas prête à épouser ce guérisseur ! Je ne l'aime pas !

Banzouky

Alors, tu vas apprendre à l'aimer ma fille ! Prépare-toi ! Que tu le veuilles ou non ! Ma décision est prise ! Il est temps de grandir et d'arrêter tes enfantillages ! Tu épouseras Ditengou un point c'est tout !

Sur ces mots d'un ton ferme, le vieux Banzouky referme la discussion et s'en va d'un pas pressant chez le charlatan Ditengou. Murima étourdie reste sans voix...

SEQUENCE2

Extérieur soir/ chez le sage Ivunda

Muratsi inconsolable ne se remet pas d'avoir perdu de nouveau son fils Missossi banni par son mari Ivunda. Seule, assise sur la petite cour de la case, elle range timidement ses provisions. Ivunda s'approche d'elle...

Muratsi

Ah ! C'est toi Bien- aimé ! Je ne t'ai pas entendu arrivé ! T'es-tu reposé un peu ?

Ivunda

Je vais mieux, femme ! Demain au lever du jour, j'irai voir le charlatan pour me donner des écorces à boire. Je ne sens plus mes jambes me porter. Qui sait si c'est la mort qui m'appelle déjà !

Muratsi

Ne parle pas ainsi Bien- aimé ! N'appelle pas le malheur de nouveau dans notre maison. Restons forts et soudés pour traverser cette douloureuse peine. Les jours à venir seront certainement difficiles pour nous. Laissons-nous le temps de pleurer les nôtres et prier pour le repos de leur âme. Veux-tu que je te réchauffe à manger ?

Ivunda

Non, Femme ! L'appétit refuse mon ventre ! Je veux juste boire un peu de vin de palme pour calmer ma soif.

Muratsi

Ne te noie pas dans le vin, pour oublier tes peines et douleurs ! C'est une illusion de penser que le vin atténue ou fait oublier le malheur et les soucis.

Ivunda

Femme ! Sers- moi, juste à boire, tous tes discours pour me moraliser ne serviront à rien ! Si, je décide de me noyer dans le vin, au moins je serai bien ivre et je n'aurai pas à voir la mort dans les yeux. Je n'ai plus goût à rien. Ma vie... euh, enfin, est-ce que j'en ai encore une !

Muratsi

Tu exagères ! Bien- aimé !

Ivunda

Je veux juste boire un bon vin de palme et m'endormir sans bruits en écoutant mes propres ronflements mêlés aux aboiements des chiens du voisinage.

Muratsi s'exécute et lui donne une bonbonne de vin de palme.

SEQUENCE3

Extérieur soir/ Temple de Ditengou

Le vieux Banzouky arrive essoufflé au temple du charlatan…

Banzouky

Nganga Ditengou ! Nganga Ditengou !

Ditengou

Qu'y a-t-il, encore ?

Ce dernier sort de son temple anxieux et vif…

-Ah, c'est toi, vieux Banzouky !
Que me vaut ta visite, en cette fin de journée ?

Banzouky

Ce salopard de Missossi est de retour ! Il faut avancer la date du mariage. Ma fille est d'accord pour que la cérémonie se fasse dans les prochains jours.

Ditengou

Sois sans crainte ! Pour ce qui est de ce prétentieux de Missossi, je suis informé qu'il est de retour au village. Il n'est pas un problème, son sort est déjà réglé. Concernant le mariage, il était temps, je m'impatientais déjà. C'est une bonne nouvelle ! Ta fille ne regrettera pas d'être ma femme. Elle sera respectée dans ce village et je ferai de toi, un homme très riche.

Banzouky

Merci, Nganga Ditengou !

Ditengou

Bien, j'avais prévu de faire de ce mariage un grand évènement dans ce village. Vois-tu, au moins, ça apportera un peu de joie de vivre et oublier tout ce qui est retrait de deuil et autres événements tristes et tragiques. Viens ! J'ai du bon vin à te faire goûter, il vient de mes nouveaux palmiers fraichement abattus. Alors, j'avais pensé à quelque chose comme...

Continuant à discuter, ils s'éclipsent derrière le temple.

SEQUENCE4

Extérieur soir/ Chez le vieux Banzouky

Missossi est devant la cour qui donne sur la case du vieux Banzouky, il s'avance timidement et d'une voix chancelante appelle Murima.

Missossi

Murima ! Murima ! Es-tu là !?

Murima stupéfaite entend la voix de ce dernier, sort de la case et se présente à lui...

Murima

Missossi !! Mais, que viens-tu faire ici ? Es-tu inconscient ou simplement fou !? Si Père, te trouve ici, grande sera sa colère !

Missossi

Murima, écoute- moi ! Il faut qu'on discute. J'ai pris la décision de revenir m'installer au village, je vais racheter la grande parcelle de terrain du vieux Ebang Ondo, pour y construire une maison moderne avec l'électricité comme en ville. Et, je veux que tu viennes vivre avec moi. Je sais que ce que je te demande parait insensé, surtout après tout ce temps passé sans nouvelles de moi. Mais, j'ai pleuré sur mes erreurs, sur mes actes immatures. Je veux vraiment que tu sois ma femme, je veux partager ma vie avec toi, sans doute, sans regrets ; dans les bons et mauvais moments. Je parlerai à ton Père, le vieux Banzouky, je viendrai le voir, l'implorer pour lui demander ta main.

Murima

Je vois que tu n'as toujours pas conscience du chaos que tu as causé dans ce village. De la douleur, du chagrin qui désormais est notre habit quotidien. Tu as tué mon espoir et englouti tous mes rêves de femme affectueuse. Il est vrai que je t'aime toujours, je n'ai jamais pu éteindre cette flamme qui brûle en moi comme une torche ardente. Mais, pourquoi es-tu revenu ? Pourquoi réveiller en moi toute cette souffrance ? J'ai trop pleuré à chaque saison, même quand mes larmes s'asséchaient dans ces longues nuits de pensées interminables. Je ne crois plus en notre amour, je ne crois plus à tes paroles qui autrefois me réchauffaient le cœur. Père veut que j'épouse Le charlatan Ditengou, et ce matin encore, il m'a annoncée que le mariage se fera sans mon consentement dans les prochains jours.

J'ai longtemps réfléchi, après lui avoir dit non, je pense que je vais accepter de l'épouser.

Missossi

Epouser ce fou de charlatan ! Mais, Murima, tu n'es
pas sérieuse ! Tu n'y penses pas vraiment ! Ce vieux
sorcier de Ditengou ! En plus, c'est comme si tu
épousais ton père ! As-tu seulement conscience de
ce qui t'attend en étant la femme de ce vieillard
vicieux ! Je t'en prie, Murima, ne fais pas quelque
chose que tu regretteras toute ta vie. Enfin, tu es
libre de tout choix et je respecte ta décision. Alors,
sois heureuse ! Et n'oublie jamais que je t'aime et
que tu resteras à jamais l'amour de ma vie. Je te
laisse, la nuit va bientôt tomber. Il faut que je
cherche où dormir...
Je ne pense pas que mon père acceptera de me
donner une couche après m'avoir banni. Demain, je
repartirai au premier chant du coq à la gare routière
prendre le premier transport pour la ville.

*Missossi embrasse affectueusement Murima et s'en
va... Cette dernière le retient.*

Murima

Attends Missossi ! Reviens cette nuit, après que les
dernières lampes tempêtes du village se sont
éteintes. Je laisserai ma fenêtre entrouverte.

Missossi

Merci Murima ! A ce soir !

SEQUENCE5

Extérieur soir/ Chez Ivunda

Ivunda allongé sur un fauteuil ronfle à voix déployée... et arrive un petit garçon lui portant une nouvelle du voisinage.

Le petit garçon1

Vieux Ivunda ! Vieux Ivunda !

Ivunda

Qu'est- ce qu'il y a ? Qui me dérange pendant ma sieste ? Ah ! C'est toi petit papa ! Y a quoi encore ?

Le petit garçon1

C'est Papa qui m'a dit de venir t'appeler, les chasseurs sont rentrés, ils ont tué un sanglier qui a les pieds d'un homme ! ils l'ont emmené au corps de garde, c'est chaud là- bas !

Ivunda

Oh ! Vraiment la sorcellerie dans ce village- là, va finir quand ? Va dire à ton père que j'arrive, je prends mon chasse mouche et ma canne.

S'adressant à son épouse Muratsi...

Femme ! Femme ! Oh ! Cette femme-là, vraiment !
Plus sourde qu'elle...

Muratsi

Oui, Bien- aimé ! Tu veux encore du vin !

Ivunda

C'est avec ta bouche que je bois ? Donne- moi, mon
chasse mouche là-bas ! Je vais au corps de garde, ne
me cherche pas ! Il y a encore un fait divers
mystique ! Quand ce n'est pas une vieille femme qui
s'est transformée en panthère pour surveiller sa
plantation d'igname, c'est un sanglier qui a les pieds
d'un homme. Vraiment ! Je fais quoi dans ce
village ?

Muratsi

Maintenant tu vas où avec la bouteille de vin de
palme, toi aussi ?

Ivunda

Oh ! Mais, il y aura les autres chefs toi aussi, je vais
partir le mains vides !

Muratsi

Hum !

Ivunda

Hum ! Quoi ?

Muratsi

Oh, pardonnez oh ! Il faut partir même avec le bidon de cinq litres, pour moi quoi ! Est-ce que tu bois avec ma bouche !

Ivunda

Quitte- moi là ! Même à l'âge- là, il faut tout le temps parler, parler sans se fatiguer ! On ne peut plus boire son vin en paix dans ce village !

Muratsi

Même avec la canne, tes pieds ne te supportent plus ! Il faut partir ! C'est la bouche qui parle trop- là qui te fait à manger tous les jours ! C'est comme ça que vous êtes !

SEQUENCE6

Extérieur jour/ Quelque part dans le village

Le vieux Banzouky cheminant seul, pensif, murmure...

Banzouky

Ditengou va faire de moi, un homme très riche ! *(Sourire)*

-Dans le village, je serai respecté. On ne me verra plus comme le vieux veuf, pauvre et mal accoutré ! Je porterai désormais que des vêtements de ville. Bon ce n'est pas tout ! J'espère que cette Murima ne va pas me faire tomber mes projets à l'eau. Je dois agrandir mon petit troupeau de chèvres. Et construire un plus grand poulailler, avec des coqs robustes et des poules productives. Ah ! Je me vois déjà grand quelqu'un ! Fini les jours de misère et de malheur. Bonjour la belle vie ! Il me faudra trouver une nouvelle femme, j'ai déjà fait cinq ans de veuvage ! il est temps de reprendre goût à la vie.

*Voyant passer la jeune fille du Sage Nzila,
Banzouky s'arrête, la salue et la regarde
longuement d'un air désireux.*

J'avoue que la fille du Grand sage Nzila me plait
beaucoup, elle est jeune et belle. Et, elle va me
rappeler mes belles années de jeunesse perdue.
Mais, les jeunes filles d'aujourd'hui sont comme des
proies sensibles et fragiles, elles se donnent
facilement aux plaisirs mondains. Et, connaissant
Le Grand Sage Nzila, il me demandera une dote
colossale ! Je ne vais pas me ruiner en prenant la
dote que me versera Ditengou ! Soyons sage, la fille
de Nzila peut attendre, je vais d'abord profiter de
ma richesse à venir. Et comme dit un vieux dicton :
« Attends de voir l'arbre grandir pour mieux
apprécier les fruits qui y tomberont ».

Puis regardant le ciel...

Ah ! Les perroquets rentrent déjà de leur
promenade quotidienne, la nuit ne va pas tarder.
Rentrons !

SEQUENCE7

Extérieur nuit/ Temple de Ditengou

Ditengou sollicitant Mouyissi, le jeune initié.

Ditengou

Mouyissi !

Mouyissi

Oui ! Nganga Ditengou !

Ditengou

Où as-tu mis le sortilège que j'ai préparé pour ce fanfaron de Missossi ?

Mouyissi

Je l'ai caché, dans le placard réservé aux envoûtements dangereux avec effet immédiat.

Ditengou

Fais attention au panier de la sirène qui s'y trouve, je t'ai toujours dit que tu n'es pas encore prêt pour ouvrir ce placard ! Si tu deviens fou, il va falloir que j'aille déterrer le crâne de ton grand- père pour te soigner. Apporte- moi, une assiette blanche et une bougie, je vais consulter les djinns. J'ai un pressentiment... La lune sera rouge cette nuit, j'ignore ce que cela annonce. Restons éveillés !

SEQUENCE8

Intérieur nuit/ Chez le vieux Banzouky/ Chambre de Murima

Missossi referme délicatement la fenêtre de la chambre de Murima, par laquelle il est entré.

Murima

Chut ! Fais- moins de bruit ! Père n'est pas encore endormi. Je lui ai donné du vin de palme après le repas pour qu'il s'endorme rapidement et j'y ai rajouté des écorces de racine du piment pour qu'il dorme longtemps.

Missossi

Je ne sais comment te remercier Murima !

Murima

Chut ! Enlève juste ta chemise, il fait très chaud dans la pièce. Je vois que tu as toujours le pendentif que je t'avais offert...

Missossi

Je le garde précieusement et il ne me quitte jamais. Il me rappelle cet amour de jeunesse fou et plein de bonheur. Je ne pourrai pas oublier nos bons moments passés ensemble.

Murima

Hum ! Laissons le passé avec ses souvenirs douloureux. Eteins la lampe tempête.

Ils se regardent longuement comme si le temps s'arrêtait sur eux. Il la prend dans ses bras et l'embrasse. Murima d'une main, soulève la lampe tempête et souffle sur la flamme.

SEQUENCE9

Extérieur jour/ Chez le vieux Banzouky

Le vieux Banzouky debout à la première heure du jour aperçoit Missossi sortir discrètement de la chambre de sa fille Murima.

Banzouky

Ce vaurien de Missossi va me le payer ! Quel culot il a de venir me défier chez moi ! Il ne va pas s'en tirer si facilement !

Il l'observe s'en aller et le suit armé d'un fusil de chasse, vers le petit chemin qui conduit à la rivière.

SEQUENCE10

Extérieur jour/ Chemin de la rivière

*Le vieux Banzouky arme son fusil et interpelle
Missossi...*

Banzouky

Espèce de petit voyou ! Malotru ! Tu vas me le
payer !

Missossi

Ah, Beau- père ! Vous m'avez fait peur ! Mais,
qu'est-ce que vous faites ?

Banzouky

Ne m'appelle pas Beau- père ! Tu n'es qu'un fou ! Tu
croyais passer inaperçu en te glissant discrètement
la nuit dans la chambre de ma fille et sortir le matin
comme si de rien n'était. Tu vas disparaître de sa vie
et plus vite que ça !

Missossi

Mais ! Beau- père ! C'est moi, Missossi !

Banzouky

Disparais de ma vue avant que je ne te tire une balle en plein cœur ! Oublie pour toujours ma fille !

Missossi apeuré s'enfuit à toute jambe.

SEQUENCE11

Extérieur jour/ Chez Ivunda

Un petit garçon accoure avec deux autres gamins, près de la case d'Ivunda...

Petit garçon2

Le vieux ! Le vieux !

Ivunda s'écrie en sortant de chez lui...

Ivunda

Mais qu'est-ce qu'il se passe encore dans cette cour ? Qui fait tout ce vacarme !? Mais, vous les enfants d'Abessolo, vous ne savez pas respecter la tranquillité des gens dans ce village !

Petit garçon2

Le vieux, pardon ! Mais c'est votre fils, il est allongé à l'entrée du village, il a beaucoup de sang qui coule et il ne bouge plus !

Ivunda

Quel fils !? Je n'ai plus de fils ici ! De quoi parlez-vous ?

A ce moment arrive Muratsi portant un panier dans le dos, intriguée, elle interpelle son époux...

Murima

Bien- aimé ! Il y a quoi encore au corps de garde ?

Ivunda

Toi, tu me parles de quoi aussi ! Ecoute ce que les enfants- là disent, moi, je ne comprends rien !

Petit garçon2

C'est votre fils Missossi, il est gravement blessé, on l'a trouvé allongé au petit chemin du village...

Muratsi

Mon fils Missossi ! Comment ça ?

Petit- garçon2

Venez voir ! Il est là- bas ! On va vous montrer !

A quelques mètres de là, ils découvrent le corps inerte de leur fils, du sang jaillissant de la poitrine. Muratsi troublée et alarmée, demande de l'aide aux villageois. Ivunda reste sans voix.

Muratsi

Mon fils oh !! Venez !! Venez oh !

Le voisinage accourt aussitôt et découvre le corps sans vie de Missossi. Ils s'indignent et la peine gagne tous les villageois.

La rumeur se répand très vite dans le village.

SEQUENCE12

Extérieur jour/ Chez le vieux Banzouky

Ditengou se rend chez Banzouky accompagné de Mouyissi le jeune initié. Ils arrivent chez ce dernier et annoncent leur arrivée

Ditengou

Vieux Banzouky ! Toc ! Toc ! Vieux Banzouky !

Banzouky

Ah, c'est toi, Ditengou ! Que me vaut cette belle visite de très bon matin ? Asseyons-nous !

Ditengou

Merci Vieux Banzouky ! Comme tu t'en doutes, je viens pour finaliser ce dont on avait parlé. Et, je viens me rassurer que ma future femme soit bien d'accord pour qu'on organise les festivités de mariage.

Banzouky

Futur gendre, Ditengou ! Si ça ne tenait qu'à moi, même demain, on organiserait les festivités de mariage. J'ai parlé à ma fille et elle consent à être ton épouse. Je m'en vais de ce pas, l'appeler.

Il se lève et invite Murima à les rejoindre.

Mouyissi

Ah ! Voilà notre future femme !

Ditengou

Comment ça notre future femme ! C'est ma femme à moi !

Mouyissi

Oui, c'est ce que j'ai voulu dire Nganga Ditengou ! Votre future femme !

Banzouky

Murima !

Murima

Oui, Père !

Banzouky

Nous avons des invités !

Murima s'avance vers son père et d'un ton timide salue les invités.

Ditengou

Ah ! Murima ! Comme tu es belle ! Je suis très fier de venir ce matin demander ta main auprès de ton père ! Veux-tu être ma femme ?

Banzouky

Oui, elle le veut et elle est prête à s'installer avec toi et te donner de beaux enfants.

Ditengou

Très bien ! Je suis très content ! Et pour cela, je vous annonce que les festivités auront lieu dans quelques jours. Pas besoin de sortir le moindre argent ! Je m'occupe de tout ! La cérémonie pour le mariage coutumier se tiendra chez moi compte tenu de la grande cour que j'ai. Si cela te convient bien sûr, vieux Banzouky !

Banzouky

Il n'y a pas de problème futur gendre ! J'apporterai deux chèvres pour la circonstance !

Ditengou

Non, garde tes chèvres ! Désormais c'est à moi de te contenter et de te couvrir de cadeaux. Voici pour toi une enveloppe, et quelques petits présents. Pour toi ma future femme je t'ai apportée ce collier, il a appartenu à une grande reine de la contrée d'Oyo. Et, je te remets un peu d'argent pour que tu puisses acheter avec les commerçantes de la ville, les plus beaux pagnes et bijoux qui soient. Je veux te voir plus rayonnante pour la cérémonie de mariage.

Murima

Je ne peux accepter un tel présent !

Banzouky

Il n'y a pas de honte à prendre un cadeau que t'offre ton futur époux ma fille ! Ditengou est un homme bon, qui connaît et respecte les us et coutumes de ce village. Regarde comment il gâte ton vieux père ! N'est-ce pas du respect et de l'attention ! Merci ! Ditengou ! Ma fille et moi te remercions grandement !

Ditengou

Je t'en prie ! Vieux Banzouky ! Bien ! Nous n'allons pas abuser de votre temps ! Que les anciens vous préservent ! Murima, ma future et tendre femme, mon cœur à présent est en paix et dans peu de temps tu feras de moi, l'homme le plus heureux de ce village. Mouyissi ! On s'en va !

Mouyissi

Oui, Nganga Ditengou ! Si, je peux me permettre, votre future femme est la plus belle femme de toute la contrée ! Je vous envie... Pardon ! Je voulais dire, je vous félicite !

Ditengou

Hum ! Fais attention où tu poses tes yeux Mouyissi ! Je ne te le dirai pas deux fois ! Passe devant et ouvre- moi le chemin !

Mouyissi

Oui, Nganga Ditengou ! Pardon ! Pardon !

Ditengou

Avance ! On a des clients qui nous attendent depuis au temple !

Une fois le charlatan parti, Banzouky tout souriant, s'adresse à sa fille.

Banzouky

Tu vois Murima, dans quelques jours, tu deviendras la femme du plus grand guérisseur de ce village, tout le monde nous regardera désormais de haut et avec respect. Sois une bonne femme pour lui, donne- lui de nombreux enfants ! Fais grandir notre petite famille, je veux de beaux petits- fils, qui m'accompagneront à la chasse.

Murima silencieuse, regarde son père et s'éloigne sans répondre.

Banzouky

Bien ! Qui ne dit mot consent ! J'espère que tu me feras honneur !

*Se parlant à soi- même, le vieux Banzouky se
félicite d'avoir régler à Missossi son compte…*

-Heureusement, qu'elle ne reverra plus ce chien de
Missossi ! Que croit- elle, qu'ils allaient continuer à
roucouler dans ma demeure la nuit en rentrant et
sortant par la fenêtre comme un voleur ! Bien fait
pour lui !

ACTE IV

(LA VEILLEE MORTUAIRE)

SEQUENCE1

Extérieur nuit/ Cour du village

Quelques jours après. Tout le village s'est rassemblé au domicile du vieux sage Ivunda à la suite du décès tragique de Missossi. La veillée mortuaire a réuni tous les chefs et sages du village. Murima inconsolable ne peut se retenir de pleurer à chaudes larmes.

Murima

Pourquoi toi Missossi !? Pourquoi si jeune ! Tu me laisses toute seule ! Que vais-je devenir sans toi ! Reviens me chercher, je ne pourrai pas survivre sans toi ! C'est injuste ! Tu n'avais pas le droit de t'en aller sans me dire au revoir. As-tu pensé à ta mère ? Pourquoi es-tu parti si tôt ! Reviens- moi, je t'en supplie ! Mon ami, mon amour, parle- moi, je t'en prie ! Ne me laisse pas toute seule ! Je ne pourrai pas survivre... C'est injuste !

Elle fond en larme. Muratsi effondrée aussi, s'approche d'elle et la prend dans ses bras.

De l'autre côté de la cour, au corps de garde les pourparlers s'animent.

Ivunda

Grand sage Kombé ! Sage de tous les sages, c'est avec le cœur meurtri que je prends la parole devant vous ici rassemblés, sages, chefs et grands mystiques...

Je ne sais pas par quoi commencer. Il y a déjà plusieurs lunes et soleils que mon frère Nguébi nous a laissé et voilà que mon fils unique Missossi s'est fait violemment assassiné ! Abattu lâchement et abandonné près du petit chemin de la rivière comme un vulgaire individu. Ma peine est aussi grande que deux fleuves qui se jettent ensemble dans la même source. Je ne peux contenir la peine de ma femme. Sa douleur est si profonde qu'elle pleure sans reposer ses yeux. Aujourd'hui je demande au conseil, d'apaiser la douleur qui est nôtre en trouvant le coupable de cet acte de sauvagerie. Vous n'ignorez pas tous ici, de quoi je suis capable. J'ai hérité de mon grand- père du fétiche du retour à l'envoyeur. Je n'hésiterai pas à user de mes pouvoirs mystiques pour mettre hors d'état de nuire celui qui a tué mon fils ignoblement ! Devant vous je partage ma douleur et j'enterre mon chagrin ! Mais, je garde ma colère de père blessé. Moi, Ivunda, sage et ancien chef de ce village, j'ai parlé ! Je ne crache pas.

Le grand sage Nzila à son tour en tant que premier conseiller du tribunal traditionnel prend la parole...

Nzila

Grand sage Kombé ! Nous savons tous ici, la douleur qui nous rassemble en ce jour ! Vous constatez comme moi que le village perd ses plus jeunes fils et filles ! C'est plus qu'un malheur, car notre population est vieillissante ! Comment pouvons-nous enterrer nos enfants ! Alors que la logique voudrait que nous soyons enterrés par eux ! Nous devons protéger notre descendance sinon le village et nos us et coutumes disparaitront à jamais. Il faudrait que tout ça change ! Avons-nous conscience que nous ne sommes pas éternels et que chacun de nous, un jour ou l'autre sera deux pieds sous terre ! Faites très attention, je vous le dis ! Car, je vois tout ce qui se passe la nuit dans ce village ! Laissez grandir les enfants en paix ! Plus d'assassinats, plus de crimes rituels ! Plus de sacrifices d'enfants pour vous enrichir et accroître vos récoltes et tuer les enfants pour espérer avoir des postes politiques ou de chefferies ici à Dioma et ailleurs. Vous n'emporterez jamais vos biens matériels dans votre tombe. Je suis informé de toutes ces magouilles. Et, ça doit cesser à partir de ce jour ! Je parle à témoin devant le grand sage Kombé, sage de tous les sages et chef souverain du grand conseil des sages et chefs de toute la contrée d'Oyo. Quiconque osera violer, tuer ou sacrifier un enfant dans ce village paiera de sa vie et toute sa descendance connaîtra le même sort.

S'adressant à Ivunda...

Grand sage Ivunda, pleure ton fils comme nous tous ici présents, car il est de notre terre. La terre des cultivateurs, des chasseurs et des vaillants guerriers d'autrefois qui ont résisté à l'envahisseur ! Le conseil va se réunir en conclave mystique et demain avant que le troisième soleil ne souffle sa lumière blanche, le tribunal des anciens convoquera un conseil des anciens pour la sentence de ce crime abominable. Moi, Nzila, grand sage et mystique de ce village, j'ai parlé ! J'ai craché !

Autour de l'assistance les villageois s'interrogent et discutent en se dévisageant chacun. Le vieux Banzouky assis près du charlatan Ditengou s'exclame à mi- voix...

Banzouky

Pour ma part, Cet insolent n'a eu que ce qu'il méritait, le village se portait mieux sans lui ! Il a fait du mal à ma fille et ne pensait qu'à assouvir ses besoins... Ma fille n'est pas une chienne ! Et, je ne crains personne ! Moi !

Ditengou

Beau- père, nous devons en tout devoir, faire preuve de compassion et rester prudents. Nous sommes conscients des répercussions que cela pourrait avoir, alors restons dans la réserve ! Attendons que la tranquillité revienne dans le village, nous repousserons les festivités du mariage pour les quatre prochains soleils. Mais, veille à ce que ma future femme lave très vite le chagrin de son cœur !

Banzouky

Tu peux compter sur moi, grand sorcier Ditengou ! J'y veillerai personnellement !

Ditengou

Allons à présent, nous désaltérer le gosier ! Laissons les morts là, où ils vivent.

SEQUENCE2

Extérieur nuit/ Petit chemin du village

La veillée se poursuit en pleure résonnant en écho dans la nuit silencieuse. Marche, seul entre les vieux chemins humides du village, le fou.

Le Fou

Vous qui entendez les cris de la nuit que le jour a encore violé, arrêtez de sacrifier votre progéniture ! Qui gardera le village quand mourront tous les coqs de la basse-cour ! Ne couchez plus avec les enfants qui n'ont pas encore le sexe ouvert !
Vous qui cherchez la vérité dans les pleurs de la nuit, quand la forêt viole vos enfants qui n'ont pas encore enfanté. J'ai tué le fou de la ville! Son esprit se balade dans le village ! Ne mangez pas les poules qui couchent avec les sorciers oh ! Sinon vous serez impuissants ! *(Rires).*
Les jeunes filles qui ont bu l'eau de la petite source de la sirène noire seront stériles pendant quatre saisons des pluies et quatre saisons sèches !
Pourquoi cherchez-vous, parmi les non- fous, celui qui a tué le fou de la ville ? *(Rires)* C'est fou hein ! (Rires)

Eh ! Toi là ! Pourquoi tu me suis encore ! Je t'ai dit donne- moi l'argent ! Donne- moi l'argent ! Tu m'as tourné le dos ! Voilà, je t'ai tué ! Je t'ai tué !

Il sort un vieux couteau ensanglanté et le pointe vers l'ombre.

-Ne me suis pas ! Va chez ton père ! Sinon, je te tue encore ! *(Rires)*

Il se met à danser et disparait dans la nuit.

SEQUENCE3

Extérieur jour/ Temple de Ditengou

Ditengou en consultation avec une jeune patiente...

Ditengou

M'as-tu apporté le slip sale de la fille de ta petite
sœur, ses ongles de la main droite, sa chevelure du
milieu de la tête et une petite bouteille de l'eau
recueilli après sa toilette intime ? As-tu pensé aussi
à m'apporter un cadenas neuf ?

Patiente2

Oui ! Nganga Ditengou ! Tout est là ! J'ai apporté
aussi la saleté du bas des pieds au cas où ! Puisque
le guérisseur de l'autre village me l'avait demandé
une fois.

Ditengou

Qui, le vieux Magwangou ? Lui, ce n'est pas un vrai
Nganga, son travail c'est coucher les petites filles qui
ne se lavent pas encore pour prendre leur chance.
Non, je n'ai pas besoin de la saleté des pieds, ça c'est
pour que la femme ne quitte jamais son mari. Toi, ce
que tu veux comme tu m'as expliqué c'est fermer le

ventre de l'enfant de ta petite sœur. Tu veux qu'elle change les hommes comme elle change de slip c'est bien ça non ?

Patiente2

Oui, c'est ça Nganga Ditengou ! Si tu peux ajouter aussi pour qu'elle grossisse comme une maboule !

Ditengou

Non ! C'est déjà bien comme ça ! Il ne faut pas trop mélanger les choses, après c'est ce qui rend les gens fous ! Moi, je ne veux plus soigner les fous ! On me demande beaucoup de sacrifice pour ça ! Et les gens ne payent pas bien ! Bon, pour ce travail, je t'avais demandé la somme de 200.000 mille francs cfa, sans compter le vin et les liqueurs pour l'offrande aux génies. Comme il y a pénurie de tabac, je te demande de remplacer ça par une boîte de café. Nescafé pas une autre marque ! Les génies ne veulent que la marque Nescafé ! Il faut compter deux lunes pour que le fétiche marche. Là, où elle dort, tu vas juste verser cette poudre. Fais attention à ne pas la renverser n'importe où ! Voilà pour toi !

Patiente2

Merci beaucoup ! Nganga Ditengou !

Ditengou

En sortant, demande à la prochaine patiente de rentrer les pieds nus. Attends un peu, jeune fille !

L'homme que mes esprits me montrent qui porte souvent les chapeaux de la ville, c'est ton mari ?

Patiente2

Bassé oh, Nganga Ditengou ! C'est mon mari !

Ditengou

Bassé ! Bassé ! Hum ! Fais attention ! La nuit il se transforme en serpent noir ! Quand tu te réveilles souvent le matin, tu ne vois pas sur le lit des écailles humides ?

Patiente2

Oh ! Nganga bassé oh ! Vraiment, je ne comprends pas souvent ! Eh ! Vous voyez !

Ditengou

Reviens la semaine prochaine ! Tu es encore une jeune femme hein, ma fille, il ne faut pas rester marié à un homme qui mange les pénis des enfants la nuit, pour apporter ça aux vieux sorciers du village. Moi, je cherche une quatrième épouse. Je vais épouser la fille du vieux Banzouky bientôt, donc si ça ne te dérange pas d'être ma prochaine épouse, je viendrai voir ta mère, et on en discutera tranquillement ! En ce moment c'est difficile pour elle non !? Après la perte de son mari il y a deux saisons déjà !

Patiente2

Oui oh ! Nganga c'est difficile pour maman, même ses plantations, les récoltes sont difficiles les éléphants mangent tout !

Ditengou

Non ! Ce ne sont pas les éléphants, hum ! Mêmes les esprits rigolent parce qu'ils savent qui fait ça ! Dis-moi, tu fais quoi ce soir ?

Patiente2

Oh, rien Nganga Ditengou, je peux venir si tu veux me voir !

Ditengou

Bon, viens finalement ce soir, je vais te faire une consultation spéciale ! Mais ne te lave pas toute la journée !

Patiente2

Ok, Nganga Ditengou ! A ce soir !

Ditengou esquisse un grand sourire en la regardant partir, et murmure...

Ditengou

Ah ! Ditengou, tu es un grand séducteur ! Aucune femme ne te résiste ! *(Sourire)*
Mouyissi ! Viens me voir !

Mouyissi

Oui, Nganga Ditengou ! Je suis là !

Ditengou

La patiente qui attend- là, va la chercher et fais- lui d'abord un bain de feuilles et d'écorce. Elle a trop les vents (mauvais esprits). Dès qu'elle est rentée au temple, j'ai vu un pagne noir autour d'elle ! Et l'odeur du chien sauvage de la brousse ! Les gens viennent avec les petits fantômes ici, pour me bousculer mes génies. Fais attention ! Ne la regarde pas dans les yeux !

Mouyissi

Oh ! Nganga Ditengou, vous me faites peur !

Ditengou

Un bon apprenti, n'a pas peur des petits fantômes qui se baladent avec les gens ! Il faut être fort spirituellement ! Je te l'ai toujours dit ! prépare- moi alors la bassine d'eau avec les écorces, moi- même je vais m'en occuper ! Verse dedans toute l'eau de Cologne qui reste ! Et allume la bougie rouge qu'on utilise pour les esprits résistants ! Il faut apprendre le travail hein ! Mouyissi ! Sinon, tu ne seras jamais guérisseur !

Mouyissi le regarde embarrassé et baisse la tête sans rien dire...

SEQUENCE4

Extérieur jour/Chez Ivunda

Quelques semaines après les funérailles de Missossi, le village est devenu sombre. Les villageois sont soucieux et scrutent le moindre geste suspect de chacun. Il règne un climat de prémonition.

Ivunda n'a toujours pas eu des nouvelles du grand conseil. Les causes du décès de son fils restent incertaines. Plusieurs pistes sont évoquées...
Ce matin- là, Il observe silencieux, le ciel comme à ses habitudes.
Arrive Muratsi inquiète.

Muratsi

Bien- aimé ! Cela fait bientôt trois soleils que tu ne manges rien ! Je suis inquiète !

Il reste silencieux et ne remarque pas la présence de son épouse.

Bien- aimé !!

Ivunda

Oui, femme ! Rassure- toi, je t'entends dans mon silence pensif ! Et, je vais bien ! Me nourrir ne résoudra rien ! Le malheur habite ma maison et je m'interroge sur ce sort qui me consume de l'intérieur. Qu'ai-je fait pour subir tant de douleur ! Je cherche dans mes souvenirs improbables les erreurs et les torts que j'aurais enfantés pour que le destin s'acharne sur moi et ma descendance ! Je ne suis qu'un pauvre vieillard, j'ai dirigé ce village avec sagesse, humilité et honneur. Jamais je n'ai trahi ou trompé les miens. Alors, tout cela me tourmente. Je perds toute raison de vivre, je ne crois plus en rien ! Même ma foi m'a quitté. Je regarde le ciel à la recherche du moindre signe qui pourrait chasser la colère qui nourrit désormais mon cœur. Femme ! Qu'allons- nous devenir sans progéniture, nos âges ont eu raison de notre vie. Qu'espérons-nous encore ? Laisse- moi, manger la colère, elle saura atténuer ma douleur.

Muratsi

Mais, Bien- aimé…

Ivunda

Femme, aujourd'hui, je veux juste vivre sans penser à rien, c'est égoïste de ma part, mais, je ne veux pas que tu sacrifies ta vie pour moi ! Tu peux encore profiter des joies et plaisirs de ce monde. Tu es une femme unique ! Et, j'ai beaucoup de chance de t'avoir près de moi. C'est la seule grâce que j'ai reçu du grand sage de tous les sages qui marche dans le ciel...

Muratsi

Bien- aimé ! Il n'y a pas de raison de te nourrir de colère ! C'est toi qui m'as enseigné tout ce que je sais de la vie et de la fatalité. A la perte de mes parents, tu as été un réconfort pour moi. Et, tu as su chasser de mon cœur le chagrin et la colère qui me détruisaient tout au long de mon deuil. Aujourd'hui, je ne suis plus orpheline car tu as su combler cette absence de mes parents partis. Et pour cela, je te témoignerai toujours amour et respect. « Je ne te laisserai jamais sombrer, à chaque soleil un autre éclat de vie... », ce sont tes paroles qui sont toujours gravées en moi. Ne te laisse pas faiblir, cela ne te ressemble pas. Je veux revoir en toi, le chef de famille et le chef de ce village que tu as toujours été. Bois ou mange ta colère ! Mais avale- là ! Pour qu'elle disparaisse et laisse place à ta légendaire sagesse. Moi, également, je suis fier d'avoir dans ma vie l'homme que tu es. Pour rien au monde, je ne te changerai contre quiconque ! Tu es et resteras mon Ivunda d'amour !

Ivunda

Merci, femme ! Tes paroles sont pleines de réconfort. A défaut de manger, puis-je avoir un peu de vin de palme, ça excitera peut- être ma faim.

Muratsi

Hum ! Toi et le vin ! Je vais finir par en être jalouse.

SEQUENCE5

Extérieur jour/ Petite cour chez le vieux Banzouky

Murima chagrine dépoussière les feuilles mortes dispersées sur la petite cour. Le vieux Banzouky allongé sur un fauteuil, l'observe longuement, se lève et s'avance vers elle...

Banzouky

Murima !

Murima

Père ! Qu'y a-t-il ?

Banzouky

Non, rassure- toi ! Rien de grave ! Je voulais juste m'entretenir avec toi. Je sais que la perte de l'homme que tu aimais te pèse toujours. Et, je ne voudrais pas te voir malheureuse toute la vie. Vois-tu, le grand sage, sage de tous les sages qui a fait le bien et le mal, nous enseigne à travers les évènements que nous traversons chaque jour. Et de ces signes nous devons lire et comprendre ce qu'ils nous révèlent. Qu'est-ce que le bonheur ? Qu'est- ce que vivre vraiment heureux ? Ces questions de la vie, je me les suis toujours posées, sans avoir les réponses espérées. Pour le cultivateur c'est peut-être de voir ses pépinières poussées et donner de bons produits et de pouvoir vivre de sa semence. Pour le chasseur c'est peut-être de rentrer à chaque partie de chasse le soir ou au petit matin avec un gibier pour nourrir sa famille, ses proches et vendre ses compétences. Que demandons- nous de plus dans cette vie ici au village si ce n'est de vivre paisiblement des produits que nous offre la terre et la forêt. Je n'ai peut-être pas été un bon père. Je n'ai peut- être pas fait les bons choix dans ma vie. Mais, je sais une chose, c'est que je t'aime comme j'ai aimé ta mère qui était une femme forte et aimante. Je ne veux que ton bonheur ! Alors, je ne te forcerai pas la main, même si, je sais que j'ai beaucoup à gagner dans cette union avec le charlatan Ditengou. Epouse le, si ton cœur peut s'ouvrir à lui. Epouse le, si ton corps n'éprouve aucune répugnance. Pour être heureux, il faut être deux dans la vie, si tu ne trouves pas ta paire, cherche ton complément. Demain, tu seras une autre femme ou pas. N'oublie pas tes rêves, n'oublie pas d'où tu viens et c'est toi seule qui fait ce que tu seras. Viens dans mes bras et sois bénis !

Murima

Merci Père ! Tu es ce qui me reste de plus cher au monde. J'ai peur ! Peur de ne pas être prête, peur ne pas être une bonne femme. De te décevoir et de ne pas te faire honneur. C'est vrai, j'ai longtemps attendu le retour de Missossi car mon cœur toujours espérait, malgré mes longues nuits de solitude et de tourments. J'ai gardé espoir, car, comme toute jeune femme, j'avais des rêves. Comme Mère, je voulais être une femme forte, aimante et attachante. Une femme qui prend soin de son mari, qui lui apporte joie et fierté dans le village. Et, je m'étais préparer depuis à l'être pour un seul homme. Celui dont j'étais la promise. Aujourd'hui, je porte son deuil dans mon cœur. Un chagrin qui chaque jour me prend mes larmes et me fait perdre des forces. Je ne te mentirai pas, Père. Mais, je ne crois plus à rien, je n'ai plus d'espoir en quoi que ce soit. L'envie de vivre s'en est allée avec lui. Et toutes les nuits, je reste éveillée et je ne sais pas pourquoi, alors que j'ai conscience que je ne le reverrai plus jamais et qu'il est parti pour toujours. Pardon, Père ! De ne pas être la fille que tu as toujours souhaitée ! Je t'ai toujours déçu ! Alors, si j'ai une décision ultime qui me revient à prendre, sois en sûr que je l'ai déjà prise. Demain, je serai ta fierté aux bras de Ditengou. Mais, avant, j'irai l'annoncer moi- même au vieux Ivunda et à sa femme.

Banzouky

Je peux m'y rendre et le leur dire, car ton chagrin est aussi fragile que la jeune pousse d'arachide !

Murima

Non, Père ! C'est à moi de le faire ! Ma douleur et
mon chagrin ne sont pas un poids à ma parole.
Reste en paix ! Il y a encore beaucoup de soleil dans
mon cœur.

Ils s'enlacent très fort et dans les yeux de Banzouky
se lit une grande peine...

SEQUENCE6

Extérieur jour/ Petit marché du village

Ditengou et son apprenti Mouyissi arpentent le petit marché à la recherche de diverses denrées pour les préparatifs des festivités de mariage.

Ditengou

Je veux de très bons produits Mouyissi ! Ne regarde pas la quantité mais la qualité ! Je vais épouser la plus belle fille de ce village, alors, je veux ce qu'il y a de meilleur et plus cher !

Mouyissi

Mais, tout coûte déjà cher Nganga Ditengou !

Ditengou

Je parle de plus cher encore ! Moi, je ne marchande pas ! Et, j'achète les gibiers entiers pas ceux déjà dépecés où les mouches tournoient et font leurs besoins ! Nous n'avons pas pour toute la journée, le soleil est déjà assez haut et mes habits semble trempés car nous parcourons le marché depuis plusieurs heures passées bientôt ! Mais, comme je voulais me rassurer personnellement de la qualité des produits achetés, il me fallait être présent. J'avoue que te faire entièrement confiance c'est m'enterrer sans avoir moi- même choisi mon cercueil. Tiens ! Porte tout ça ! Tu es encore jeune et chétif, tu dois prendre des forces si tu veux être un homme de caractère demain. Et marche avec droiture même si tu portes une charge, ne montre jamais ta souffrance et souris quand on te regarde ! On juge toujours un homme à travers sa carrure. Comment crois-tu que je séduise tant de femmes dans ce village ! Ce n'est pas avec mes gris-gris ! Détrompe- toi, mon cher ami !

Ils quittent le petit marché et prennent la direction du village.

SEQUENCE7

Extérieur jour/ Petit chemin du village chez Ivunda.

Murima arrive chez le vieux Ivunda et trouve Muratsi qui rentre du marché...

Murima

Bonjour Belle- mère !

Muratsi

Ah ! Murima ! Je ne t'avais pas vu arriver derrière-moi !

Murima

Attendez ! Je vais vous aider Belle- mère !

Muratsi

C'est gentil ! Murima ! Merci beaucoup ! Que nous vaut cette visite en si belle journée ! Prends l'assise, je pose juste mes provisions !

Murima

Merci ! Beau- père est- il là ?

Muratsi

Non, hélas ! Il est au corps de garde. Tu sais, depuis le malheur qui s'est abattu sur nous, il passe ses journées entières au corps de garde ou à la maison avec sa bouteille de vin de palme. Alors, je préfère qu'il soit entouré des anciens et sages du village au moins il boit avec modération et il ne voit pas le temps passer. Pour lui, comme pour moi, les journées deviennent longues et notre peine nourrit notre quotidien. Et, toi, comment te portes-tu ma fille ?

Murima

Le chagrin ne quitte pas mon cœur et ma douleur est plus profonde qu'un puits d'eau en saison de pluie. Je faiblis un peu plus chaque jour car je n'ai plus d'appétit et mes nuits sont aussi longues que mes journées libres.

Muratsi

Je le vois bien ma fille ! Mais, tu dois aller de l'avant et guérir de ta peine. Tu es une jeune et belle femme, vis ta jeunesse et ouvre- toi à la vie ! N'endurcis pas ton cœur, tu pourras le regretter un jour ou l'autre. Transforme ta douleur en force et reprends goût aux choses, aux plaisirs...

Murima

Ce n'est pas facile à faire ! Mais, vos conseils me soulagent beaucoup ! Je venais à ce propos vous voir pour discuter d'un sujet aussi important.

Muratsi

Je t'écoute ma fille !

Murima

Père, voudrait que j'accepte d'être l'épouse du vieux Ditengou, le charlatan du village ! Ils se sont entretenus à ce sujet et ce dernier est venu me voir afin de demander ma main. Demain auront lieux les festivités du mariage. Je voudrais faire honneur à mon père, mais mon cœur m'empêche d'épouser le vieux Ditengou. Je suis soucieuse des valeurs et je respecte nos us et coutumes, voilà pourquoi, promise, j'ai attendu votre fils car, je lui étais destinée. J'étais prête à être la femme aimante et serviable. Aujourd'hui, Je ne sais plus qui je suis et ce que je souhaite de bien pour ma vie. Je viens humblement vous demander conseils.

Muratsi

Ma fille, cela me touche énormément que je sois celle à qui tu as pensé pour en discuter et t'apporter conseils. Je t'en remercie ! Crois- moi, à ta place, j'aurais été aussi troublée et je trouve que tu fais preuve de beaucoup de sagesse d'esprit car tu as bon cœur. Le choix te revient, je serai injuste de te dire de ne pas écouter ton père mais la voix de ton cœur. Là, il s'agit de ton avenir, de ton bonheur à toi, qui passe par toutes les épreuves de la vie. Je sais qu'au fond de toi, gît une lanterne qui te dicte souvent quoi faire face à certaines situations et problèmes habituels. Alors, ne te pose aucune contrainte morale et fais ce que te dit cette petite voix intérieure. Et trouve ta voie ! Le bonheur n'est pas dans les semblants ou les apparences, mais dans la paix du cœur.

Murima

Merci Belle- mère ! Vous me réconfortez beaucoup ! Pourrais-je toujours venir vous voir si je me sens anxieuse ?

Muratsi

Mais, bien- sûr, ma fille ! Ma maison est ta maison ! Tu es ici chez toi ! Viens dans mes bras ! Sois forte, tu t'en sortiras. Et sèche ton chagrin, ça va te faire faner, tu es très belle quand tu souris, tu sais !

Souriante Murima prend congé et reprend sa route en passant par le petit chemin du village...

SEQUENCE8

Extérieur jour/ Petit chemin du village

Murima marche pensive et croise le Fou qui l'interpelle...

Le Fou

Eh ! La plus belle du village ! Donne-moi un peu d'argent ! Bientôt tu seras riche ! Alors donne- moi un peu d'argent ! Mais, fais attention à tes cheveux, il faut les couper à ras ! Comme ça, le charlatan ne pourra pas prendre ton étoile. Tu es belle hein ! Embrasse- moi pour voir si je vais me transformer en tortue ! *(Rires)*
Donne- moi un peu d'argent ! Donne- moi un peu d'argent !

Murima l'ignore et continue son chemin. Le fou insiste et la suit en parlant à son ombre...

 -« Espèce de petit voyou ! Malotru ! Tu vas me le payer !

-Ah, Beau- père ! Vous m'avez fait peur ! Mais, qu'est-ce que vous faites ?

-Ne m'appelle pas Beau- père ! Tu n'es qu'un fou ! Tu croyais passer inaperçu en te glissant discrètement la nuit dans la chambre de ma fille et sortir le matin comme si de rien n'était. Tu vas disparaître de sa vie et plus vite que ça !

-Mais ! Beau- père ! C'est moi, Missossi !

- Ne m'appelle pas Beau- père, tu n'es qu'un fou ! Disparais de ma vue avant que je ne te tire une balle en plein cœur ! »

Il ricane de nouveau. Murima s'arrête pétrifiée et s'approche de lui en le fixant longuement... Elle remarque qu'il porte à son coup le pendentif qu'elle avait offert à Missossi. Elle se souvint qu'il l'avait sur lui le jour où il avait été assassiné.

Murima

Où as-tu eu ce collier ? Dis-le-moi ! Qui te l'a donné ?

Le Fou

Donne- moi l'argent ! Donne- moi l'argent ! Vite !

Il la violente et la pousse dans les futaies. Elle tombe sans résistance. Il sort un vieux couteau maculé de sang séché et l'arme vers elle...

Le Fou

Tu iras rejoindre ton petit copain de l'autre côté ! Ce fou de la ville. Vous ne respectez plus les valeurs traditionnelles vous les jeunes de ce village ! Je vais tous vous tuer ! Malédiction à vous ! Malédiction à vous !

Elle se relève troublée et crie à l'aide à voix déployée. Des villageois passant par-là, l'entendent et viennent à son secours. Le Fou s'enfuit en proférant...

Malédiction à vous ! Malédiction à vous !

Sauvée de justesse par des passants, Murima se relève timidement avec une douleur au ventre et remercie les deux villageois.

SEQUENCE9

Extérieur soir/ Chez le vieux Banzouky

Banzouky absent en fin de journée, rentre chez lui et trouve Murima assise...

Banzouky

Murima ! Tu es rentrée depuis ? Je ne t'ai pas vu arriver ! Alors, tu leur as dit pour le mariage de demain ?

Murima

Père ! Puis- je m'entretenir avec toi ? J'ai à te parler.

Banzouky

Bien- sûr ma fille ! Attends que je prenne un tabouret. Voilà ! Parle- moi, je t'écoute !

Murima

Pourquoi m'avoir caché que tu as su que Missossi avait passé la nuit dans notre demeure avec moi et que le lendemain qui a suivi, tu as accompagné ses pas jusqu'au petit chemin qui mène à la rivière en le menaçant de ton fusil. L'as-tu assassiné Père ? As-tu abattu Missossi de sang-froid pour me voir épouser

Ditengou le charlatan ? Réponds- moi Père, j'ai
besoin de savoir ! Car, je ne comprends pas ce qu'a
proféré le Fou qui m'a agressée sur le petit chemin
du village.

Banzouky

Quelqu'un t'a agressée ! Comment est-ce arrivé ?
Es-tu blessée ?

Murima

Réponds- moi Père !

*Banzouky embarrassé se retient de cacher la vérité
à sa fille et lui raconte le récit de cette journée
effroyable dans les moindres détails. Révèle à celle-
ci qu'il a assisté à l'assassinat de Missossi par le
Fou qui lui a asséné un coup de couteau sur le dos.
Murima, déçue fixe longuement son père l'air
abattu et s'écroule en larme.*

Murima

Comment as-tu pu le laisser mourir ainsi !
L'abandonner comme un chien sur le chemin du
petit village ! J'ai honte de toi et je ne reconnais plus
l'homme que tu es devenu...

*Murima prit de malaise abdominal, se lève et vomit
à quelques mètres de son père. Ce dernier
interloqué la regarde et s'interroge sur son état...*

Banzouky

Qu'as-tu Murima, es-tu malade ?

Murima

Peu importe ce que j'ai Père ! Demain, je n'épouserai pas Ditengou le charlatan. Bonne nuit Père ! J'ai besoin d'être seule pour comprendre tout ça !

Elle s'éloigne de lui sans se retourner et Banzouky perdu et troublé s'éclipse dans la nuit par le petit chemin de la rivière.

SEQUENCE10

Extérieur jour/ chez Ivunda

Murima s'est levé au petit matin et se rend chez le vieux Ivunda. Elle trouve en arrivant, Ivunda sortant de chez lui avec une bouteille de vin de palme.

Murima

Bonjour Beau- père Ivunda, que la paix du grand sage céleste soit des vôtres !

Ivunda

Bonjour ma fille Murima ! Que la bonté du grand sage, sage de tous les sages qui vit dans les cieux lointains accompagne tes pas ! De si bon matin ! Que nous vaut cette visite inattendue !

Murima

J'ai des révélations à vous faire. Belle- mère est- elle présente ?

A ce moment arrive Muratsi, portant une calebasse d'eau sur la tête...

Ivunda

Quand on parle de la tortue, on voit sa carapace !

Muratsi

Qui traites-tu de tortue !? Oh ! Ma chère Murima !
De si bonheur qu'y a-t-il ?

Murima

Bonjour Belle- mère ! Comme, je le disais à Beau-
père, j'ai des révélations à vous faire !

Muratsi

Prends l'assise ! Et veux-tu un peu d'eau fraiche et
des tubercules du matin ?

Murima

Non, merci c'est gentil !

Ivunda

Parle sans crainte ma fille, je sens ton cœur troublé !

Murima

Voilà ! Je ne sais trop comment vous le dire !

*Muratsi s'approche d'elle et lui tient la main pour
l'apaiser.*

Muratsi

Ici, tu ne crains rien ! Tu es en paix !

Murima

Je sais qui a assassiné Missossi.

Muratsi

Comment ça !?

Murima

Hier, en rentrant de chez vous, sur le petit chemin du village j'ai croisé le Fou qui portait le collier que j'avais offert à votre fils quand nous étions plus jeunes. Il ne quittait jamais ce collier et le portait la veille de sa mort. Cette nuit- là, il l'a passée chez moi et au petit matin il est parti pensant regagner le village. En chemin il a croisé mon père qui lui a sommé de ne plus jamais me revoir. Puis, après cet échange, poursuivant sa route, le Fou s'est interposé à lui, et lui a donné des coups de couteau dans le dos. Et lui a volé son collier et ce qu'il possédait sur lui. Père a assisté à toute la scène sans porter secours à Missossi !

Elle pleure à chaude larme, la voix tremblotante. Muratsi et Ivunda interloqués restent sans voix.

Muratsi

Ma fille ! Il faut savoir balayer les poussières de la saison sèche pour pouvoir accueillir les bienfaits de la saison des pluies. Le chagrin est comme un puits profond quelles que soient les saisons il reste toujours profond. Mais, ne se referme que si on le recouvre de terre. Nous ne pouvons pardonner cet acte ignoble et souhaitons que seul le tribunal traditionnel rende la justice des hommes...

Murima

Vous êtes bons ! Beaux- parents ! Et, votre sagesse d'esprit est une lumière pour moi. J'ai aussi une nouvelle qui je crois, pansera votre cœur attristé. Je porte un enfant de Missossi, votre futur petit- fils ou petite fille ! Je ne sais pas encore de quel sexe est l'enfant dans mon ventre. Et, j'ai pris la décision de ne pas épouser Ditengou le charlatan.

Muratsi

Bien- aimé ! Tu as entendu ! ta lignée se perpétue. Un enfant de notre fils ! Gloire soit rendue au sage céleste ! Merci ma fille ! Cette nouvelle est pleine d'espoir et nous contente.

Murima

Merci à vous d'avoir été toujours présents pour moi.

Ivunda

Ma fille ! Tu nous apportes du baume au cœur !
Sache que notre demeure est ta demeure ! Tu es de
la famille.

Murima

Merci à vous Beaux- parents ! Merci vraiment ! Je
n'aurais jamais pu surmonter toute cette peine si
vous n'étiez pas là. Aujourd'hui, j'ai compris tant de
choses. Et, je me relève changée. Demain,
commence une nouvelle vie. Votre fils avait souhaité
donner à son futur enfant le patronyme de son
oncle, alors si c'est un garçon, il en sera ainsi. En
revanche si c'est une fille, elle sera votre homonyme
Belle-mère !

*Elle les embrasse en larme, des larmes
bienfaitrices. Ils regardent tous vers le ciel comme
pour bénir cet enfant, véritable cadeau du grand
sage, sage de tous les sages, qui veille au bien-être
des hommes ici- bas.*